My first [illegible] rtner was k[illegible]

[Iruma Hitoma]
入間人間

[Illustration] フライ

私の初恋相手がキスしてた

「……あんた、なにしてたの？」

「気にしないんやなかったの？」

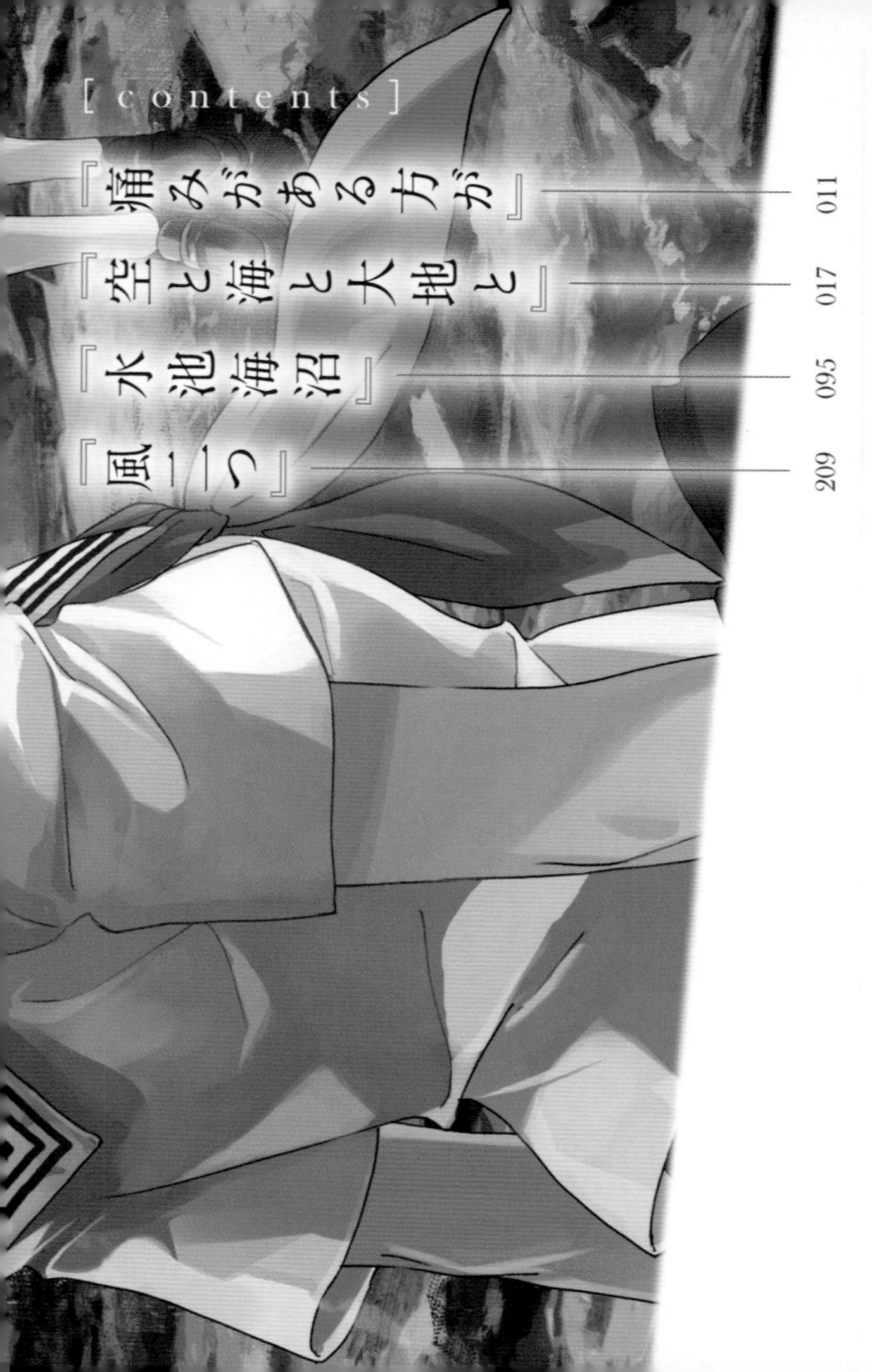

[contents]

私の初恋相手がキスしてた

[Iruma Hitoma]
入間人間
[Illustration] フライ

『痛みがある方が』

My first love partner
was kissing

蹴っ飛ばされたことを理解するよりも、お腹が痛いことの方が大事だった。人の身体がそんなに滑らかに床を移動できるんだって、身をもって知る。破れたように熱いお腹を押さえていると、服の上から、流れていない血を指の付け根に感じるようだった。

横になって呻いていると、痛みに歯が震えている間にまた蹴り上げられた。大人の足は余すところなく胴体を捉えて、また綺麗に跳ね上がったものだった。伸びた足を宙で見つめながら、無様に床に落下する。骨を強く打ったのか、最初とはまた違う鋭い痛みがやってきた。

夏の暑さを忘れる体調の急激な悪化に、意識が追いつかない。身体と離れてしまったように、どこか距離を置いて状況を眺めているみたいだった。そうこうしていると、また蹴られて、壁際に転がる。意識は平気でも身体がとても痛がっていた。

顔は一度も狙われなかった、きっとばれると面倒だからだ。

途中で、なにかを唾みたいに吐き捨てられた。痛くて、聞き取りづらかった。

お前がいなければ、って言われた気がした。

大人は三回サッカーボールにしたら満足したらしく、部屋を出ていった。独りになり、どっどっど、って心臓の暴れる音だけが聞こえるようになった。いたい、って唇が震えた。

このまま死ぬんじゃないかって思った。

顔を上げるとわずかに光が見えて、吸い寄せられるように四つん這いで近づく。隙間から覗けた昼の日と、平穏そのものの風景を別世界に見ながら、そこに行きたいと思った。

でも出ていくことはできなくて、日を鼻に当てながら横たわる。

なにも分からないけれど、自分はきっと悪いことをしたのだ。だとしても、明日も同じことをされたら今度こそ死んでしまうかもしれない。生きる意味は分からないけれど、死ぬ理由もまだなかった。だからなにかしなければいけなくて、さて、どうしようって考えて。

細く弱い腕が震えていた。持ち上げても力なく倒れて、壁を引っかく。

その爪先の痛みが、閃きを促した。

ああ、といいことを思いつく。お腹の痛みは、力を込めるとますます酷くなる。それでも立つ。そして、大きく振り回して溜めを作った頭を思いっきり、壁に叩きつけた。

白く、太い線が縦に走ったのが見えた。音が聞こえなくなって真後ろに倒れ込む。まばたきするごとに想像以上の痛みが切りつけてきた。あぇあぇあぇ、って舌が形にならない声を漏らしている。あまりに遠慮なくぶつけてしまったかもしれない。横向きに転がって、あぇあぇあぇしていると、汗よりも粘っこいものが肌に流れていることに気づく。

目の間、鼻の先をくすぐってぶるりと身体が震えた。

流血が唇に届いたことで確信して、目を瞑る。

頭が割れたように痛い。割れるようにより、一歩先に進んでしまった感じがする。鼓動に合わせてぬるぬると表にはみ出てくる血が止まらなくて、もしかしたら死ぬかもってまた思った。うだる暑さの中で横になっていると、土の下の蟬になった気分だった。

突き刺さるような痛みがいつまでも消えない中で、必死に自分の呼吸の音を拾い続ける。

少し、生きている気がした。

『空と海と大地と』

My first love partner
was kissing

自分の人生がこれ以上悪くなることはないと、なんの理由もなく考えていたのは母親の悪い部分が似てしまったのだろうか。布団の上に座りながら、なにをするでもなく頬杖をついていると扇風機の羽根の回る音だけが狭い部屋を行き来している。前屈みの行儀の悪い姿勢で、夏の一歩手前に訪れた蒸し暑さに辟易していた、そんなときだった。

夜も更けて、母親の帰ってくる音が羽根と私の間に挟まる。挨拶くらいはしようと腰を上げかけたところで、異物に気づく。仕事から帰ってきた母親の足音が三倍になっていた。重なるように増えた音に思わず座り直して警戒してしまう。しかもそれがすべてこちらに迫ってきて、足を縛られたように立ち上がれないままそれと対面するしかなかった。

両手が布団に吸いついたまま、開かれた扉とその向こうに目を凝らす。

先頭は母親、それはいつもの繰り返し。

でもその後ろに知らない女が一人、いや二人。

ふわふわした女と小さい女。

「おじゃましまーす」

小さい女の乾いた声の挨拶が耳に引っかかって我に返る。

誰だこいつら。

母親と連れ立つその二人はどちらも知らない顔だった。母親は「ただいまー」とへらへら挨拶してきて、便乗するように「こんばんわぁ」とふわふわした方の女が顔を覗かせる。髪も声も頼りないくらい緩い。身体の線も細く、足を見ると立っているのが不安になるくらいだった。

……で、なに、こいつら。

「あ、これ母さんの友達」

私の心を一応察したように、母親がふわふわした女の肩を抱く。ふわふわした女は「あ、まだ友達なんだぁ」とけぇけぇ笑う。活力に欠けるのか、笑い声の角がはっきりとしていない。聞いているとこっちの気分も掠れそうな、気持ちのよくない笑い声だった。

「こっちの子は娘さん」

小さい女の方が、母親に控えめに頭を下げる。母親はいつもの気安そうな笑顔でそれに応えた。小さい女はすぐに目を逸らした。愛想が悪いとその短い態度だけでしっかり伝えてくる。

娘……え、娘いるの？　とふわふわした女を見返す。とてもいると思える見た目ではない。

白い布きれみたいな、吹けば飛びそうな頼りなさしかない女はまだ笑っていた。

「という感じの母子ね」

「あ、そう……」

心は乾ききって、それ以上なにも言えることがない。ようは、友達連れてきただけか。

……珍しいな、そんなこと。

でも友達はいいけど、なんで娘もついてくるんだ？

「今日からしばらく、一緒に暮らすから」

「……ん？」

消しゴムのカスがまとわりつくようで、よく分からなかった。

暮らす？

……は？

頭の横にごつんごつんと当たるものがあるのは分かるけど、その感覚がない。

ゴロゴロ転がして、消しカスをまとめてねりねりする。ようやく形になってきた頃、既に私以外の時間は滞りなく進んでいた。

「よろしくねぇ」とふわふわした女が母親に肩を抱かれたまま退場する。

「あんたちょっと軽すぎない？」

「そうねぇ、もう少し太りたいんだけど。体質かな」

「ようし、今日からきみはフォアグラだ」

陽気な調子の母親の声が普段よりずっと遠い。あんた滅多に料理なんかしないだろとか、声なき反論が頭の中で壁にぶつかる。見えない布が目の前にぶら下がってちらつくように、落ち着くのが終わらない。解決もできない。

「いや、いやいや」

あまりに頭にない展開が急に始まったので、現実味が肌を伝っていない。いやあったとしても意識が天井の隅でふわふわしていて感じることができないのだ。扇風機の羽根の回る音がいやに身近に聞こえる。

「おじゃま」

短い一言を置いて入ってきたのは小さい方の、若い女。こっちは入り口に残っていた。私と同い年か、一つ二つ下だろうか。部屋の中を見回すように確認して、それが終わってから隅に移動して座る。その側頭部をじぃっと目で追っても、向こうは見向きもしない。

さして大きくもない私が小柄だってぱっと感じるくらいには背丈の差がありそうだ。黒い髪は先端が変色して茶色を帯びている。天然なのか緩くウェーブがかかるそれは、薄い背中を覆い隠すほどに長い。無頓着に見えるそれはしかし、色艶はそれなりに保たれている。

目つきはやや悪い。それは眉間に皺(しわ)が寄っていて不機嫌なのか、或(あ)るいは単なる近眼なのかはっきりとしない。睫毛(まつげ)の量なのだろうか、眉の形なのだろうか。どこがどう作用しているのか分からないけれど、第一印象で感じる。

こういう表現もなんだけど、俯(うつむ)いているのが似合う目だった。

そして薄暗いそれは沈んでいながらもどこか照り輝いて、深海に潜む光のようだった。

少ない荷物から着替えを用意したそいつがこちらに一瞥をくれることもなく部屋を出ていく。気ままに吹く強い風が形を得たように、私の周りで暴れている。これが夢なら嫌だな、と思った。夢ならもっと心弾む内容であってほしい。でも現実でも嫌だ。

全部、嫌だ。

部屋に早速残留する他人の匂いが、心の左右の脇に爪を立ててくる。

膝に手を置きながら私は、自分の今やるべきことを考える。けどなにも浮かんでこない。遅れて、母親に抗議するという選択を思いつく。行くか、と立ち上がりかけたけど隣の居間から母親の大きな笑い声が聞こえてきて、なにかが馬鹿らしくなって座り直す。

大体あの母親と喧嘩しても、勝てないし。

「なにが……なにで、なにこれ」

今は怒るよりも、状況に対応する方が大事だと思った。頬杖をついて、親指で顎を叩きながら壁を睨む。目がぼやけるくらい一点を見つめ続けている間に下りてきた前髪が邪魔で掻き上げる。額には暑さ以外の汗らしきものが滲んでいて、ついでにそれも乱暴に拭う。

そもそもここで暮らすってなんだよ。家は？　あんたたちの家は？　工事中なのか？　帰れない事情がある？　そもそも家がない？　家がない？　そんなやつら、いやいるだろうけど。

あの母親の友達ならヤンキーか？　とてもそうには見えなかった。ひらひらしたカーテンみたいな女だし。友達なんて家に連れてきたのは多分初めてだ。いたんだ、友達。それはいい、いいけど、子供までついてくるってどういうわけだ。

この部屋に、と見回す。一言で評するなら狭い。元は物置くらいにしか使わない空間に布団を敷いて、少ない私物を置いて、とやっていると勉強机を置く余裕もない。縦には寝転べるけど、横に寝転ぶには足を曲げなければいけない。そこに、人間が増えることの意味を直視したくなかった。向こうの居間で寝転べばいいのに、年頃みたいな理由でこっちに来ているなら……どうすればいいのだろう。出ていけと暴力と大声に訴える自分が想像できない。

状況には少し実感が湧いてきても、なにができるかというところに来ると沈黙しかない。

少し経つとそいつは当たり前のように私の部屋に戻ってきた。無地のシャツと短パンに着替えて、頭にバスタオルも被ってとすっかりくつろいでいる。布団の上に座る私を一瞥して、一度足が止まる。その間もわしゃわしゃと髪を拭いている。そしてさっきと同じ位置に座る。

小さな足の裏がこっちを向いていた。指まで小ぶりで、不覚にもちょっと可愛らしさを感じそうになる。その足の裏から少しずつ顔を上げると、視覚に細やかな刺激が増える。

青白いだけだった肌がお湯の影響でほんのり染まると、また印象が少し変わった。目もともほぐれたように柔らかくなり、ぼんぼりみたいに仄かに色づく頬もあって、その顔立ちの良さがくっきりしている。特に唇がそうだけど瑞々しさを得て、陰気に隠れていた幼さが表面に浮き出ている。天然か手入れしているのか判別つかないけど、顔の各部位が『磨かれてる』って感じる。キラキラ？　つやつや？　分からないけど、どこも静かに美しい。

気づけば、少し息苦しくなっていた。

それくらい集中してそいつを眺めていたことに、いやいや、とつい頭を振る。

「扇風機の前、借りてええ？」

話しかけられて、思わずびくっと尻肉が浮く。

そのとき、どうぞと言ったか曖昧に頷いたか、自分のことながらはっきりとしない。ただ私の反応を受けてそいつは扇風機の前に屈んで、髪を乾かし始める。アイロン、じゃないドライヤー使えばいいのに。もし持っていないなら私のを、貸すような関係では間違ってもない。

じゃあこいつは、なんだ？

中風に揺れるそいつの髪と、動き続けるバスタオルをただ眺めることしかできない。

あとじっくり横から見て気づいた、本当にどうでもいいことだけど体格の割に胸は大きめだと思う。別に誰と比較したわけではない。ではない。

そいつが髪を適当に乾かしてなにをするかと思ったら、まず部屋の端に移動する。そうして鞄から教科書を取り出して開く。床に直置きしたそれを、背を丸めて眺め始めるのだ。この流れでお勉強？　と困惑する。生真面目なのか、空気が独特なのか、本当のアホなのか。

なんで向こうはこんなに落ち着いているのだろう。慣れているのか。……慣れてる？

教科書を開いてから五分ほどして、そいつはあくびをこぼす。「ま、ええか……」と呟いて教科書を放り出し、動物みたいにタオルケットにくるまって、そのまま床に寝転がってしまった。枕もなしに床の上で横になっているのを、こちらは体育座りのまま見つめる。動かない。
私も、そいつも。
部屋の外からの話し声だけが、雑踏の雑音みたいに遠巻きに耳に入ってくる。
本当にここで寝るのかよ、と一気に狭くなった部屋の天井を仰ぐ。部屋の隅で斜めを向いた
そいつはまぁ、小柄で、それが救いなのか。そんなのが救いでいいのか。他に他にと見回して
みたけどなにもなく、照明が眩しいだけだった。見上げて、見下ろし、もうすっかり寝入って
いそうなそいつを見て、溜息を吐きながら消灯した。
気を遣ったわけではなく、私も今夜はもう起きていたくなかった。
脳が前後に揺れ続けている感覚が途切れない。耳鳴りと目の曇りが夜の中で増していく。布
団の上に倒れ込んでからも、海上に漂うようだった。寝る前から夢心地だ、最悪に。
激しい風も、雨もなく。それでも雨雲がずっと頭上にへばりついている感じだ。人間って予
想外の事態に陥ると本当になにもできなくなるんだな、と実感する。無力を嚙みしめながら、
目を瞑る。
でもとても眠れなくて、すぐにまた開く。
何度もそいつに、小さな侵略者に目が行く。
そいつはこっちのことなどまるで気にしていないように、身動ぎしなかった。

物音に気づいて慌てて飛び起きる。かけ布団を纏うように巻き込みながら飛び退くと、物音の正体が目を丸くして固まっていた。いる、と頭がゆっくり現実を理解して、息を吐く。

当たり前だけど、昨日は今日と繋がっていた。

時間を確かめて、平日と理解して、少し混乱する。

摑んだ携帯電話を手の中で無意味に弄りながら、状況の整理が終わるのを待った。

「そうか」

昨日は目覚ましを設定しなかったんだ。いつもの起床時間よりだいぶ遅れていることにも合点が行く。行ってから、ヤバいと布団を投げ飛ばす。顔も洗ってなければ髪も整えていないし化粧の時間もなければ朝食の用意の暇もない。ほつれていくのが止まらない糸を両手で掬おうとしているように、すべてがバラバラだった。

こんな酷い朝の訪れは、他と比較できるほどの数がない。

とにかく着替えれば最悪登校はできるとハンガーにかけた制服を取り出す。

「あ」

そいつが短い声を上げて、なんだと振り向く。

「あ」

今度はこっちが同じ反応をしてしまう。

同じデザインの制服を手にして向かい合うと、さすがにそいつの表情も少し引きつる。

「同じ学校だったんか」

「ああうん……そうらしいね」

まったく見覚えないけど。それは向こうも同様らしく、小首を傾げてから着替え始めた。平然と脱ぎ出すのでぎょっと肩が上擦って固まる。上を脱いで、次に下。そうして前傾姿勢になると、下着自体はシンプルだけど、その膨らみと揺れ方に思わず目が行く。

わぁー、きゃー。

じゃない。

いやいや、相手女だぞ。

動揺するところがないのに気づいて落ち着く。でもなんとなく据わりが悪い。

夏服の真っ白いセーラー服に着替えたそいつは、朝日の逆光を受けて肌の白さが際立つ。蝶みたいに広がるスカーフ、袖口にラインはなく、胸元には銀色の小さな紋章。見慣れて着慣れた、うちの学校の制服そのままだった。

「着替えんの?」

制服を摑んだところで止まっている私に、そいつの冷ややかな声が刺さる。

「着替える、けど」

そいつは私の返事を聞いているのかも怪しく、鞄を持って出ていってしまった。

「……つまんね」

そいつから受ける印象を、一言でまとめる。それは会話したいとか、そういう以前の問題で、ただ、つまらないと素直に感じたのだった。こんな状況で前向きさを探そうにも無理、と壁に頭を打ち付けてしまう。溜息しか出ない、そんな余裕のない朝だった。

遅れて着替えて、鞄の中身も確認しないまま部屋を後にする。目立った寝癖だけないかを手で確かめながら、居間を見回す。居間っていうか、部屋はこれだけしかないのだけど。

母親はもう出かけていて、ふわふわした女だけが布団を被っていた。顔の線の細さもあって、目を瞑った横顔は儚い。そのまま葬儀を始めて棺桶に入れても誰も生死を疑いそうにない。

私がこのまま出たらこの女一人を家に残すのだけど、いいのだろうか。

母親からすれば友達らしいけど、私からしてみたらただの知らない女だ。私の部屋に勝手に入られたら嫌だし、冷蔵庫を好きに開けられるのも気分が悪い。あと、こっちが忙しないのに平気そうに寝ているのもなんとなく気に入らない。仕事はないのか、この大人は。

でも起こしたところでどうこうできるわけでもないので、諦めて見なかったことにした。せめてと水だけ一杯飲んで、アパートを出て鍵をかける。早く動く方が置かれた状況を考えないで済みそうなので、めいっぱいシャカシャカと腕を振った。

アパートの階段を駆け下りると、脇に小さい女が立ち呆けていた。小さな頭がふらふらしていてやる気を感じない。なんだこいつと追い越すと、足音が重なる。振り向くと、無表情が後ろにあった。

「…………………………」

ついてくるなよ、という私の雰囲気を感じ取ったからだろうか。

「ここから学校に行く道がわからんからついてってるんやけど」

「ああ、そういう……」

説明を受けて納得はする。

「一緒の学校で助かったわ」

淡々と、感情の起伏もなくそいつは言った。助かっているようには到底思えなかった。

並ぶわけでもなく、少しの距離を空けながら同じ道を歩く。後ろに常に視線を感じながら歩くのは、肩甲骨(けんこうこつ)を撫(な)でられているみたいで落ち着かない。昨日からずっと落ち着きを失っている気がする。いやそれ以前の毎日も落ち着いていたのか？　とふとそこまで考えそうになった。

これなら隣に並んでくれた方がまだ歩きやすそうだ。でも隣に来たら、なんて声をかけるのもためらわれて、このまま振り向かないで居心地悪く歩き続けるしかなかった。

関係性がなんの形にもなっていないから、気分が悪いのかもしれない。

でも関係なんて構築するような相手なのだろうかとも思った。

誰かと登校するのも久しぶりだ。高校になってからはまったくないと言っていい。でもそこに楽しさや心の弾みはなく、触られてもいないのに腕にしがみつかれているような窮屈さしか感じられなかった。実際には掴まれてもいない腕が重くて、思わず姿勢が傾きそうになる。

この居心地の悪さが家に帰ってからも続くのだと想像したら、まだ昼も夜も遠いのに目の前が真っ暗に陥りそうだ。私の部屋じゃなくて居間で生活すればいいのに、と思っても母親が狭いとか理由をつけて認めないだろう。実際、あの線の細い女がいるのでその意見も正しい。

そしてそもそも連れてくるなという私の意見がきっと、一番正しい。

「大通りまで出たら分かるでしょ」

振り向かないで話しかける。

「ああうん」

そいつは曖昧に頷く。かといって、急に走り出して距離を取るのもおかしいというか、自意識過剰というか、私が疲れるだけというか。結局このまま、学校まで行くことになりそうだ。

ぎこちなく、背中にでこぼこの棒を転がすような空気の中歩いていくしかなかった。

背の高い住宅に朝日を遮られた、薄暗い道を抜けて大通りに出る。通りの向かい側には、私のアパートと比べ物にならない立派なマンションが見える。パッと見ただけでも窓の数と階数が違う。四階建てで屋上にまで部屋がある。こんなマンションに住んでいるなら、同居人が増えてもお互いに干渉しないで生きていけそうなのに。

なんでうちなんかに来ちゃうかなぁ。

思いを馳せていると、ぼそっと話しかけられた。

「急に来て邪魔やろ」

振り返る。そいつと目が合って、その瞳の暗い輝きに、こっちが目を逸らしそうになる。

そんなこと殊勝にもちゃんと考慮できたのか、と驚く。あまりに堂々としているので。

「邪魔」

はっきりと言う。でも直後に靄がかかる。

「いや邪魔っていうか……わけ分からないっていうのがまだ大きい」

突拍子もない夢の中を歩いているようだった。あれは段々と頭が冴えてきて夢を自覚したあたりで起きるのが常なのだけど、今回はなかなかそこに辿り着けない。多分一生無理。

「そうやろうな。でもどうせ一ヶ月くらいやから」

「一ヶ月？」

「人の家に転がり込んで、大体一ヶ月で追い出される。最長は二ヶ月と一週間」

「……あ、そう」

他になにを言えばいいのか、学校の国語の教師には教わっていない。

慣れているのだろうか、そんな暮らしに。

それでいて学校には通うって……そんなやつ、いるんだ。

結局最後まで並ぶことなく、二人で学校まで歩いた。目を遠くにやるようにしながら歩いていれば、その視線の感触から少し逃れることができるのを知った。

そいつは私が目指すよりも手前の教室に入っていく。やっぱりクラスは違ったらしく、ほっとする。一緒だったらさすがに覚えていそうだし、違うとは思っていた。でも同学年か。年下もあり得ると考えていたけど、単に小柄なだけらしい。

挨拶もなく別れて、でも登校は一緒で、帰る先も同じ。

同居というしかないのだけどそんな言葉で表せるほどその存在を認めることもできず。

解決できないボール状の問題をずっと抱きかかえているような、この据わりの悪さ。

教室の席に着いても、嫌な汗みたいにずっとつきまとう。

それでも周りは関係なく一日を始めて、私もそれに振り落とされないようについていかなければいけない。頬杖をついたまま、逃げたくもなる問題になんとか向き合う。

私と、あいつ。

あいつが私をどう思っているかは分からないし、今はどうでもいい。

取りあえず、整理をつける。

あいつは私にとって邪魔者でしかないと、ゆっくり納得した。

放課後、鞄を両手で挟むように摑んだまま、どうすると思案する。

「なんか固まってるぞ」

友人に肩甲骨のあたりをつんつんされる。ぎぎぎ、と首を曖昧に動かしてロボットの真似と誤解されながらも更に悩む。普段なら友達と少し寄り道も悪くないのだけど、今はそういう流れに乗れる環境ではない。とにかく、とにかく……一番最初に家に帰ろう。

人の待っている家に帰るなんて、薄気味悪い。

一番最初って日本語おかしいな、と感じながら席を立った。友達に適当に挨拶して、早歩きで教室を出る。通るついでに他の教室を横目で覗いたけどあいつがいるのかは分からなかった。逸れることなくまっすぐアパートに帰る。歩道橋の上から覗ける町並みはまだ昼が端に引っかかり、夕方を覗かせようとしない。日が随分と長くなり始めていた。

これから六月が終わって、七月を迎えていけば自室での過ごしやすさがどんどん失われていく。夏と共に毎年訪れるそれに加えて今年は、と小さな異物に吐息が重くなる。

入居できる部屋は四つの小さなアパート。隣の住宅と大きさは変わらず、ポストの数に注意しなければ一般の民家と変わらないように見える。隣接する表が植物まみれの家が、アパートが浴びるはずの日差しをすべて遮っていた。住居の間に、無理に突っ込んだような形で存在するアパートの階段は下りてくる人とすれ違うことができない程度に狭い。

オートロックとか、管理とか、そんな上等なものは一つとしてない。

元は白いのに汚れが混じって灰色になりつつある階段を上って、奥の部屋の前で鍵を取り出す。いつもは目の焦点が合わないくらい注意散漫に家の中へ入るのだけど、今日は玄関の靴を注視して眉間に力が入る。

左から確認していくと、知らない靴が一足揃えられていた。大きさから、多分娘の方だ。

……どうやって入ったのだろう？　鍵は母親と私しか持っていないのに。そいつの靴から目いっぱい離れる位置に私の靴を脱いで、ごくごく短い廊下と流しの前を通り過ぎる。警戒しながら居間に入ると、朝方に寝ていたふわふわした女の姿はなくなっていた。布団は畳んであるし、部屋を汚した形跡もない。幽霊がそぅっといなくなったみたいで、なんとなくカーテンの端っこを見た。

全部夢だったと思うほど楽天的じゃないけど、なんだか本当に夢を見ているみたいだ、ずっと。歩きたくもないのに心がずっと歩かされている感じで、一体何日あれば慣れるのだろう。

部屋の中央で耳を澄ましても物音が聞こえてこない。気配もないけど、と少し慎重になりながら自室の扉を開く。

小さい女が部屋の隅に屈んでいた。昨晩見た景色と同じだった。背を丸めて、教科書を床に置いている。部屋着らしい着古したシャツは襟元がだらしなく、前屈みだと胸元が無防備に見えそうで何故か目を逸らしてしまう。

そいつが私に気づいて顔を上げる。少し幼く、けれど端麗。

動きに合わせて長い髪が退いてその整った顔が見えると、晴れ間でも覗くようだった。

「帰ったんか」

そのぶっきらぼうな調子にも、ちょっとだけ慣れた。外見は人目を引くものを備えているのに、声や態度には他人への無関心しかない。そんな態度のやつが居座っていたら、そりゃあ、追い出したくもなる。そいつは少しの間、私の反応を窺うように顔を上げていたけどまた教科書に目を落とす。やっていることは真面目なのに、前向きさの欠片も感じられない。

「え、勉強してるの？」

「うん」

「なんで？」

隙あらば教科書を開いているその姿勢に、思わず疑問を発してしまう。

それは私が知る高校生とは大分違う生き物だった。

「なんでって、勉強せんと頭よくならないやろ」

教科書をめくりながら、淡々とそいつが言う。

「あたし頭悪いからな、他の方法を思いつかんの」

理由は簡潔で、自己評価には嫌みや自嘲も含まれていないように思えた。

私が、そんな感情を発露させる相手でさえないように。

「あ、そ……がんばって」

「ああ」

心底どうでもいいと伝わってくる、最低限の反応だった。鞄だけ置いて部屋から離れる。私が逃げるように出ていくとまるで、そこがあいつの部屋になったみたいでぞっとしない。なんなんだろうね、あいつは。取りあえず愛想はないし、見ていてムカつく。

大きい溜息が気に食わなさを分かりやすく表現できていた。

腰に手を当てて、少し目を瞑って。意識を切り替えて、顔を上げる。あいつがお勉強を必要とするように、私にも帰ったらやらなければいけないことがある。まずは掃除だ。

家のことはほとんど私の担当だ。あの母親には期待できない。

少しでも快適な暮らしを願うなら自分から動くしかなかった。

制服から着替えたいのだけど、部屋にあいつがいるのでどうにも、遠慮……遠慮は変だな。躊躇、している。合っているかはさておき結果として敬遠してしまっていた。髪だけは結ぶ。

首を覆っていた髪が離れると、籠もっていた熱と埃が少し散るような気がした。

テレビの横に座り込んでいる掃除機の用意をしていると、扉の開く音がして振り向く。あいつが顔を覗かせていた。傾いた頭のせいで、髪の毛が滝を描くようだった。

私と掃除機を交互に見た後、そいつは言った。

「掃除、こっちの部屋はあたしがやっとこうか？」

「え」

そいつがそんなに長く喋るのも初めてだったし、提案するのもだし、声色が友好的かというとまったくそうでもないので、ちぐはぐに戸惑う。

「私物は極力触らんようにするけど」

「それじゃあ、なに、お願い」

脇に何度も爪が引っかかりながら、なんとか会話する。そいつは小さく頷(うなず)いて引っ込んだ。

「……おちつかねー」

下を向きながら思わず本音が漏れる。母親はいい、ずっと一緒にいたから。でも他の人が家の中にいて、うろうろしている事実に肌がぞわぞわする。しかもそいつが、共同生活でもするように動き始めて、どんな判断でどう動けばいいのか分からなくなってしまう。

「雑巾ある？」

「うわっ」

俯(うつむ)いている間に側にやってきていた。間近にそいつの顔があり、しっかりと直視して、それだけなのにこちらの顔が忙しい。どうなっているのか鏡もないので把握できないけど、顔の各部位に変に力がこもる。そいつの顔の前に薄い光が壁を作り、それを押しつけられているような気分だった。

「ぞうきん」

幼子みたいに、そいつが要求を繰り返す。私は頭が回らないまま中腰で動き回り、なんとか雑巾を用意して渡す。「どうも」とぶっきらぼうに礼を言って、そいつはさっさと部屋に戻った。

遅れて、頬を下に引っ張られるような、不思議な落ち着かなさがやってくる。

右手のひら、中指の付け根のあたりでなにかが動き回っている。見てもなにもない、当たり前だけど。だけどなにかがざわざわ這っている。心は沈むのではなく変な高さまで浮き上がって、私の管理できる範囲から大きく逸脱する。とても不安定な気分が、ふわふわする。

なんだあいつ。

さっきと同じようで、少し違うものが湧き上がった。

掃除機を動かして下を向いていると、あまり頭が回らなくて丁度いい。今の自分とか、ただぼうっとしているとずっと考えてしまう。それは変な連中が家に来る前からずっと付きまとう悩みでもあった。このままでいいのだろうかって、狭い部屋にいると漠然と不安になる。

高校を出たら家を、町を出ていきたい。出た先に望むものも見つからないまま、ただ離れたいという気分だけが日々増していく。思えば、私はこの町から出たことがない。どんな巡りあわせなのか、修学旅行の前は熱を出して休むという流れが小学校、中学校と二度も続いた。

そんな偶然もあって、私はどこにも行けないいんじゃないかって時々思ってしまう。

……せっかく掃除機に頼っているのに、今日は変に頭が回るのだった。

別の刺激のせいだろうか。その刺激の主が扉を開くのが目の端に見えた。

素足の指を見て、見て、見る。

掃除が終わったらしく、そいつの揺らす雑巾の端っこが見えていた。

狭い部屋だしさほど手間がかからないで終わるのは知っていた。そいつの視線をひしひし感じる。意を決して顔を上げると、そいつもまた目が合って戸惑ったように見えた。

持っている雑巾を畳んだり伸ばしたりしながら、そいつが硬い声を漏らす。

「シャワー室の掃除してくるわ」

「あ、うん」

「掃除用具……洗剤ある？」

「ああ、洗面台の近く……」

「わかった」

確認を終えて淡々と向かう。私がまだ掃除しているから気を遣ったのかもしれない。……そういうやつなのか？

なにも知らないので、そこにどんな情感が芽生えているのかも察することができない。分からないけど、掃除を率先してやってくれるのなら、まぁ、ありがたい。ありがたく、そして暗い気持ちになる。

いいところを見つけていくと、肯定的になりそうで嫌だった。

うちのアパートには浴槽がない。あるところより家賃が安いそうだ。シャワールームはあるし、洗面台はちゃんと独立しているから私はさほど不自由に感じていない。浴槽を掃除しなくてもいいから風呂掃除も楽だし。さすがに冬は湯船に浸かりたいとも思うけど、耐える。そして諦める。空気でも抜くように念入りに押しつぶしていけば、大体のことには耐えられた。掃除機を動かしている間、別の音が遠くない距離から聞こえることに違和感だけが募る。他人をこんなに異物として意識するのは、いつ以来だろうか。いつもは独り言を漏らしながら続く掃除がずっと無言でないといけないのも、リズムを崩す要因かもしれなかった。

で、掃除機をかけ終えて床を拭いていると、そいつが戻ってくる。

素足とシャツの端が濡れて、潤いの質感を漂わせていた。流しで雑巾を絞り、手を洗い、タオルが側にないのを確かめてから自分のシャツで水滴を拭い取った。言えば出したのに。

「掃除終わった」

「あ、そ……ご苦労、じゃなくて」

言葉を探している間に、そいつはさっさと部屋に戻ってしまう。会話なんてしたくもないしお互い助かるのは分かるけど、分かるとしても釈然としないものは残る。もうちょっとこう……なにかあればいいのか？　あった方がいいのか？　私は今、冷静さを欠いて私を見つめることができない。とにかく、えぇとと掃除に戻る。頭が別の場所で物思いに耽っているように、他人事めいた感覚で腕を動かし続けた。

夕日が輝きを畳みつつある中で掃除を終えて、結んだ髪を解きながら居間の机の前に座り込む。部屋には、もう人がいるから……私の部屋だぞ。体育座りしながら膝を掻く。なんで追い出されているんだ私は。三歩も離れていない扉と壁の隙間から熱風でも漏れているように近寄りがたい。

いやこれはおかしい、間違っている。間違っているなら、動くべきだ。

自分の中にあるルールのようなそれに則り、はきはき立ち上がる。扉を開けるとき、手首と足首に変に力がこもった。がちょがちょと、ぎこちない骨の音が聞こえてくる気がした。

そいつはまた屈んで教科書と見つめ合っていた。姿勢も変わらず、ただ今度は壁側を向いていてこちらには丸めた背中が映る。その背中を見つめながら、対角線上の位置に座る。振り向いて目が合ったらどうしようと心配しながら目を離さないでいたけど、一向にそんな状況は訪れないので安心した。できるか。早速、息苦しいくらいの蒸し暑さが頬を覆う。

意地になって入ってみたけどもう出ていきたい。

でもこのまますぐ出ていったら、私が逃げたみたいだ。

こんな狭い家で逃げていても、すぐに壁に行き当たるだけだ。

「……あつい」

掃除で動き回った後の、この閉じこもった空気は不愉快しか生まない。足を伸ばして扇風機を動かす。私にだけ向けたかったけど、扇風機は律義に首を振り始めて、直しに行くのも面倒で、まぁいいやって風に髪と肌を撫でられた。

そいつはまったく振り向かない。堂々としているというか、鈍いというか。

多分、向こうからはなにも動こうとしない。

じゃあ、私から歩み寄る？　……めんどくさいって気持ちは不思議と少ない。他人とよろしくやることは苦じゃないし、そこに楽しさだって見出せる。ただ入り込んできたのがあまりに唐突で面食らい、気絶でもしていたように心はずっと動かなかった。そろそろ、現実に向き合わないといけないのだ。耳鳴り止まれ、と両耳を押さえて目を瞑り、意識して呼吸を繰り返す。何度か訪れる荒い波を越えると、開きづらいほど重かった瞼と目の下がすっきりした。

よし、と軽くなった目で、正面の壁をしっかり睨む。

話題……学校、生活。趣味嗜好その他諸々が不透明なので、無難なものしか浮かんでこない。でも学校について同年代と話すことなんてないし、これからの生活は目眩しかしそうにないと丁寧に思いつきを潰していく。駄目じゃん。

アイデアをすべて塗りつぶして真っ黒になった板切れをぶつけた。

「あのさ」

一声ずつ、水面を跳ねるように言葉が独立していた。そいつの背中と肩がびくっと跳ねた。

「使う場所を、決めよう」

相手の目を見ないままに提案する。部屋のおよそ半分の位置に足を伸ばす。

「ここから分けて半分ずつ」

狭いなんてものじゃないし身体を伸ばして寝づらいけど、横半分の方がいいと思った。縦半分だと座る位置を変えただけでもはみ出しかねない。それに寝るとき、距離が近すぎる。

そいつが私の足を見つめて、「ええよ」とぎこちなく頷く。

顔を上げると、暗い意思を示す瞳が、私を真っ直ぐ貫くように見据えていた。

目つきが悪いのか、近眼なのかは定かではない。

「じゃあそれで……」

他にも決めるべきルールはきっといくつもある。同じ部屋で暮らすわけで、好きじゃない匂いを充満させるのはやめろとか、洗濯ものは纏めるのかとか、掃除は交代制かとか。

生活していくんだなぁって、枠組みを作って納得していかないといけない。

どーせ、逃げられないのだ。それなら目眩しようとも向き合っていきたい。

当面は他に、もう一つ。

「あと、あんたのお母さんは？　仕事？」

しているようには見えない見た目だけど、と失礼なことを思う。

そいつも少し困ったような素振りが、目の動きから見て取れた。

「お母さんは……まぁ気にせんといて。スーパーかコンビニ行ってると思うわ」

「すーぱー？」

「棚見てるだけで楽しいってよく言っとる」

思うところがありそしてそれを隠すように、そいつが目を瞑る。

……なんというか。

「安上がりなお母さんですね」

他の表現はどれも尖りすぎていたので引っ込めると、萎びた葉っぱみたいに頼りない声になる。そいつは「まぁ」と無味無臭な反応で会話を終わらせようとする。そっちも歩み寄る努力しろよって少し腹が立った。

「いや……まぁでも帰ってくるんだよね」

「多分」

「じゃあ一緒か」

「なにが？」

「夕飯の量」

まさか私と母親の分だけ作ればいいってものでもないだろう。いやいいんだろうけど、放っておくのも……なに、私っていいやつだから。ご飯くらい、他のことを気にしないで食べたいだろう。

「作るとき、量とかさ……あるじゃん」

「あんた作れるんか」

「ま、ほどほどに」

そいつは「ほぉー」と人をじろじろ、無遠慮に観察してくる。四つん這いで近寄ってきて、目つきが険しい。やっぱり近眼みたいだ。でもそれよりも、と見たくもないのにごめん嘘ついてるかもしれない勝手に焦点がそこに合ってしまう。でも仕方ないと思う、なにしろ。

動いてる。そいつが前に出るのに合わせて、胸元が。

やっぱり、大きい。

しかもシャツが緩いから、簡単に覗けそうになっている。

「な、なに、ちょっとあの」

胸、と指摘したら変なやつに思われそうで口ごもる。

だって油断していてもそいつからすれば……問題、ないだろうし。

「凄いなと思った」

安直な感想を頂戴する。でも感想なんてひねて伝える意味はないかもしれない。

「あたし料理なんてできんから」

「そう、」

だよねとなんだ、どっちで締めるか迷っている間に口を閉じてしまう。

そいつも引っ込んでしまった。いいんだけど、なにが締まったか。

「……はぁ」

こいつが側に来ると、私のなにかが風化していきそうで少し寒気がする。

落ち着こう。

ふらふらしているお母さんにも期待できないとなれば、料理できるのは結局私だけか。ここが楽できたら色々と評価も変わってくるのに、と思いつつ立ち上がる。

二つも話をしたからがんばったな、と胸を張って部屋を出た。そういうことにした。外に出て、もう一度溜息をついていると、そいつも教科書片手に出てきた。なんだと見ていると、居間に座り込んでまた勉強し始める。……ああ、あれか。手伝えることはないけど一応、という姿勢の見える移動だった。ま、いいけど。

変に二人で流しの前に立つよりは手際よくやれるだろう。

しかしこれは……食費が頭にちらつく。

「生活費とか貰ってるのかな……」

「あたしが払った」

独り言が聞こえたのか、そいつからの返答がある。思わず首を伸ばしながら振り向く。

「あんたが？」

失礼ながら、と上から下を眺めて意思を示す。そいつは特に眉根も寄せず言う。

「普段のお母さんには期待できんからね」

淡泊な声で、本当に期待の類を一切持っていないのが伝わってくる。希望もないから、失意さえ生まれない。そんな感じだ。見た目からして頼りなさそうなのは伝わってくる。

「普段の……」

普通じゃない状況だとなにを起こすのだろう。非常識な行動しそうな雰囲気はあるけど。カーテン女を頭の中で踊らせながら、冷蔵庫を開けた。


うちの母親は家事については見て見ぬふりをする。

私がもっと小さい頃は家のこともやって、仕事もしてと大変だったのは想像に難くないから、今の形について大きな不満はない。いつか独り暮らしを始めるための下積みになるし。小さな不満は、友達との時間を作りづらいことくらいだった。

「はい、できた」

机に鍋敷きを置いて、その上にフライパンを載せる。

一仕事終えて、腰に手を当てながら窓の外を見る。夜の頭が見えていた。

「うちの母親はもっと遅くにしか帰らないけど」

いつ食べるのかと遠回りに確認する。そいつは少し考えたように、目を泳がせて。

「あたしのお母さんは、わからん」

そう言いながら教科書を放って机の前に座る。待つつもりはないみたいだ。そういえば箸も人数分ないぞと思っていたら、自前の箸を持参してきた。茶碗は割れたときの予備にと買っておいた安いやつがあったので、それにご飯を盛り付けてそいつの前に置く。

そいつが戸惑うように小さく頭を下げてきたのを、どう受け止めるべきか態度が未だにふわふわしている。自宅で、同級生と向かい合って座るという状況はいつ以来だろう。中学生くらいから、友達が家に来たことはなかった気がする。

「おー」

そいつがフライパンの中身を覗いて、やや明るい声をあげる。

キャベツと豚肉の炒め物を、量が若干多そうだなとは気になりながらも、そのまま仕上げた。今までは二人分で、でも今日からは多分四人分。単純に二倍にすればいいわけでもないから、味の加減はまた少し勉強しなければいけないかもしれない。

後は常備菜を二つほど並べる。にんじんのサラダに、茹でといたブロッコリーの和え物。少しずつ大事に食べていた黒豆は、今見たら空っぽになっていた。昨日の晩にはまだあったのだから、犯人は絞られる。怒るわけではないけどやっぱりなんとなく、気味が悪いものだ。

「じゃ、いただきます」

そいつは淡々と手を合わせて、箸を取る。湯気の立つ茶碗をじっと見て、ややぎこちなく手に取る。フライパンに、タッパーにと目を順繰りに動かして、「おぉ」と感動したように小さく反応した。なんだか、そいつにしては大げさでむず痒い。

そいつが肉野菜炒めを少量摘んで口に運ぶ。確かめるように細かく顎を動かして、そいつが箸を開閉する。

「うん、食べられる」

「なにその感想……」

　してほしいわけでもないけど、感謝の念とは一切無縁そうだった。

「同級生の料理って食べたことないから、ちょっと警戒してた」

「けいかい」

　耳慣れぬ対応だった。ご飯を頬張って、むぐむぐ動く口もとを妙に見つめてしまう。些細な動きでも、絵になるっていうか。なんだろう、優先的に目が動いてしまう。

「いやそもそも、ないか」

　口のものを呑み込んでから、そいつが目を細めた。

「住ませてもらった家で、なにか作ってもらったことも初めてだ」

「はぁ」

「助かるわ」

　短い礼を挟んで箸と口を動かし続ける。整いきった外見と裏腹に、食べ方は勢いがつくと段々雑になってくる。食べられるときに食べ尽くす、野生動物のようだった。行儀や姿勢、言葉遣いは育ちを示すようで、まっとうな生活は送ってないみたいだ。で、なにを食べて生きてきたら、こんな見た目になるのだろう。……これに、学校の廊下ですれ違っていたら目が留まりそうなものだけど。

普段の私はどれだけ視界が狭くて、いっぱいいっぱいだったのだろう。

「料理できるって凄いわ。すごい」

味についての感想は最後までなく、その一点を評価しながら食べ続けていた。

褒められて悪い気はしないけど、反応に少し困った。

それから。

母親は、どこで捕まえたのかあいつのお母さんを連れて帰ってきた。私の作っておいたご飯を温めて、なはなはと楽しそうに食べているのが声の弾み具合で伝わってくる。

さすがに皿くらいは自分で洗えよーと祈りつつ、部屋でまどろむ。眠いと他人が近くにいても気にする余裕がなくて安らぐ。同じ部屋のそいつは飽きもしないで教科書を開いていた。

こんな真面目なやつ初めて見る。変なところで見るものだなぁと思わず笑ってしまった。

へらーっと、眠気と合わさって、心地いい。

勉強に目を瞑れば、家事も終わって明日までやることがない。

その時間に、酔いしれる。

「なぁ」

傾いていた頭がびくっと真っ直ぐに戻る。そいつが身体ごと、こっちに向き直る。

無造作に下りた髪が、扇風機の風を受けて泳いでいた。

「なになに」

「明日から、あたしが掃除やるわ」

「おぉ？」

寝ぼけつつあった頭に思いもかけない提案が来て、目玉がごろごろする。

「料理はできんから、掃除担当があたし。で、ええ？」

「わ、わかった」

「うん」

笑ったわけじゃないけど、そいつの表情が柔らくなったように見えたのは、私の希望の贔屓目だろうか。

そいつとは未だ最低限の会話しか起こらないけれど、お互いに、足元の小石を踏みながらもちょっとだけ顔を近づけたような気がした。気のせいだろうか、もちろん、気のせいでもいいけど。

立てた膝に手首をかけるようにしながら、垂れた手をぶらぶら揺らして天上を見る。

共同生活、か。

まどろみから覚めてもまだ、不思議と悪くない気分が続いていた。

電話が鳴って、んー、といい気分が間延びする。ぷつんと切れた後、電話、と手を動かしながら、人影が動くことで勘違いを悟る。鳴ったのは私のじゃなく、あいつの電話だった。

電話に眉を寄せるように注視したそいつが返信するように操作した後、すっくと立ち上がる。隅に積まれた私物から化粧品に道具にと摘み上げては大事そうに抱え持つ。最後に櫛を手に取って部屋を出ていく。

なんだろう。まさか今から出かけるつもりだろうか。学校に行くときはなんの手入れもなさそうだったのに、今はわざわざ化粧までして。時間を確かめると、やっぱり、活動的になるには一般的とは言い難い夜更けだ。

それと気になってはいたのだけど、あいつ本人の質素な部屋着や、自然体な髪とは裏腹に小物類は妙に高そうなものばかりなのだ。櫛だって、あれはいい値がしそうだって私がパッと見ても分かる。本人の感覚との繋がりを感じづらい。誰かから贈られたものだとするなら……その誰かに、思いを巡らせる。眠気はえぐられたように失われていた。

整えて戻ってきたそいつが部屋着を脱ぎ出す。私なんて意識もしないように下着一枚になるのだから、ちょっとちょっとって仰け反りそうになる。なにがちょっとなのか、ざわつく自分の心が解せない。そいつは少ない私服とにらめっこして、選ぶのに少しの手間暇をかける。

どういう相手に会いに行くのか、私の想像の中に答えはちゃんとありそうだった。

着替えたそいつが鞄に電話に財布、それから教科書と筆記用具を詰めて足早に部屋の入口へ向かう。教科書？　出ていこうとする寸前に立ち止まり、こちらに振り返る。

　薄い化粧に加えて髪にちゃんと櫛を入れたそいつは、ただでさえ元から天上の光を見上げるような気分になるときもあるのに、更に直視しづらくなる。首から上を視界に収めようとしてもぶれる。目を奪われてしまう自分を拒むように。

「出かけて帰ってこん日とかあるけど気にしんでええから」

　一応の挨拶みたいに告げられて、半分も頭に入らないまま反射のように答える。

「元からしてない」

「助かるわ」

　さっさと出ていった。外でいくつかの話し声が聞こえたけど詳細は届かない。

「帰ってくる日なんて、なくていいんだけど」

　愚痴をこぼしつつ寝転ぶ。位置に気を遣って、収まるようにしながら大の字に手足を伸ばす。久しぶりと言っても一日しか経っていないのに、部屋に一人きりになる。適正人数で過ごす空間はあっという間に空気が沈んで、冷えたように感じられた。指先がその冷たさを引っかく。

　かぁくぅかぁくぅと、空気を吸っては吐くのを殊更に強く意識する。

　何度も深呼吸してから、弾けたように身体を起こした。

「え、なに？」

　遅れて疑問が湧く。また時刻を確認して、一日が夜に踏み出していることを裏付ける。この時間からちょっと散歩でもするのではなく、帰ってこない？　泊まり？　泊まるとこあるの？

じゃあなんであいつはここにいるんだ？

気にしてないと言ったのに、なんだ私は。気にするなよ。自分のそういうところが面白くなくて、前屈みに頬杖をつく。中途半端な反応になってしまっているのが気に入らない。気になるなら、最初から食いついて。気にならないなら、すぐに目を瞑れ。

私は、なんでもはっきりさせないと落ち着かない。このあたりは母親譲りかもしれない。あぐらをかいたまま腕を組み、あーだのうーだの思考の残滓が散る。

泊まり、外で……いかがわしい想像しか思い浮かばない。でも教科書を入れていったのはなんなのだろう。

「家庭教師？……ないわー」

町の図書館だって閉じている時間だ。明日は土曜で学校は休みだけど、泊まり、泊まり……。謎と窮屈さと……分類できない感情を押し付けてくるやつのせいで、今夜も寝苦しそうだった。

考えたくもないのに頭が切り替えられない。疲れ果てても、思考は歩みを止められない。

あいつに、呪いでもかけられたみたいに。

やっぱり、他人って、厄介すぎる。

だからもう戻ってこなくていいと思った。

でも本当に戻ってこなかったらもっと気になるんだろうなとも、思った。

頭の近くでなにかが動いた気がして、寝ぼけたまま上半身が跳ね上がる。

跳ね起きた私に、人影がたじろぐのが見えた。

「起こしてごめん」

「ああうん……ああ？　うん」

半分眠ったままなところに驚きが加わって、思考が枝豆みたいな形に潰れている。視界を塞ぐ前髪を掻き上げながら、頭の夜明けを少し待った。朝焼けは思いの外、すぐにやってくる。もたらしたのはその香りだった。

あいつが、帰ってこないって話だったのに、帰ってきていた。シャワーでも浴びたのか、髪がしっとりしている。それから胸のスッとするような香りがこちらにやってくる。爽やかとも違う、花の匂いのようだった。この匂いが刺激となって私のぼんやりとした部分を取り除いてくれる。昨日まではなかったその匂いを、どこから持ってきたのか。

顔を上げた先には、暇そうに立って私を見下ろすそいつと、薄い朝日。遅れて、朝から濃厚な蒸し暑さ。時刻の確認よりも先に足で扇風機の電源を入れる。扇風機は私だけ見つめていればいいのに、律義に首を振ってそいつの白い足にも風を送る。

そいつも扇風機の恩恵に与りたいのか、その場に屈む。風がだらしないシャツと長い髪を涼やかに揺らす様を、なんとなく見つめてしまう。

見た目も存在もふわふわしたやつ。ただの邪魔者はいつの間にか、認識を混濁させていた。

「……なに、えっと……おはよう」

言い淀みながらも、山なりに挨拶を投げる。これは普通だ。学校で同級生、顔見知りとすれ違ったら挨拶くらいはする。それくらいの意味だ。そいつは目をゆっくり動かして私をじっと見てから、「おはよ」と短く返してきた。で、屈んでいたけどお尻も下ろす。

ああそうか、もう明日になったから帰ってきたんだ。

どこから?

昨日の夜に見たのと変わらない、淡泊な俯き顔。じぃっと見ていても答えは透けてこない。

眠気は消えても気分はまるで晴れない。曇天と蒸し暑さに挟まれて、その隙間に見えているのが謎多き同級生と来る。どこを向いても爽快感があるわけなかった。

そいつは電話を眺めている。操作するわけでもなく、ただぼうっと。

なにを見てきて、なにが、見えているんだろう。

「……あんた、なにしてたの?」

くわぁぁぁぁ、と言ってから後悔する。そいつが電話を手にしたまま、ゆっくり振り向く。

「気にしないんやなかったの?」

「してないけど」

してないけど聞いてみたを、気にしている以外の言い方で表現する方法が思いつかなかった。

現代国語の授業は肝心なところを見逃していると思う。

「下世話な好奇心ってやつ」

「ふぅん」

なんだそのふぅんは。身体を反らしながら横目でそいつを窺う。そいつは、私を冷めた目で測るように見ていた。どうしてそんなことを聞いたか、と目で探っているようにも思えた。

「なに」

聞いたのはこっちからなのに、なんで強気に返してしまうのか。

自分の図々しさに少し呆れる。

「なにって、べつに」

「あーそう」

声の勢いだけは私にあった。だから、その勢いでごまかす。

「バイトとかじゃないんでしょ？」

そいつが小さく口を開いて、でも声はなく。少しの間を置いて。

「下世話なやつに聞かれて答えると思うんか？」

ごもっとも。声の冷たさを含めて、こちらの前のめりを萎縮させてくる返答だった。

「いやどうでもいいけどさ」

声と唇が尖るのを自覚する。「そうやろ」と短く呟いて、そいつは逃げるように部屋を出ていった。

後には慣れない花の香りだけが残る。

こっちは、曇りも蒸し暑さも健在で隙間に覗けていた光が途切れた感じで。

つまり、最悪ってことだ。

じたばたして、布団に斜めに転がって、無理に身体を伸ばして脇腹を少し痛める。

なんか使ってるけど、下世話ってなんだよ。

そんなことに憤った。

休日はこうなるのか、と顔半分が鈍いものに包まれながらぼぅっと眺める。

朝早くから出かける必要もない母親、首根っこを摑まれて起こされたあいつのお母さん、朝帰りの同級生、そして機械的に朝食を用意した私。

決して大きくない机を四方から囲う形になっている。ずっと二人で使っていた長机が埋まって、本当の使い方を見ているようだった。その本当は、狭いな、という感想を私に与える。

人の間隔も、机に載ったお互いの皿も。

豪放という名の楽観の元に生きる母親は、人が増えたという状況を楽しんでいるのがありありと伝わってきた。

「高校の学食を思い出すわ」

ねぇ、と母親が隣の肩を叩く。細い女はその軽い衝撃にも気軽に揺れる。動かしていた箸を置いて、「あーあー」と頷き、ゆっくり嚙んで、飲み込んでと一々仕草が間延びしている。

「昼休みが終わるってよく急かされたわぁ」

「実際終わってたよほとんど」

二人でそのままずっと盛り上がっていてほしい。若干うるさいけど。

「あんたら同じ学校でしょ？　お昼一緒に食べたりしないの？」

二人で閉じ切ってお願いしたいのに、さらりと矛先を向けてくる。

聞かれて、そいつと見つめ合う。嚙んでいる最中で少し膨らんでいる頰が可愛らしく見えて、慌てたようにそれを含めて否定する。

「ぜんぜん」

「まぁ」

お互い、もごもごと口ごもるようにはっきりとしない。まだ、視線はお互いを捉えていた。

「クラス違うし」

「うん」

「あ、そうなの。もったいないね」

なにがもったいないのか分からなかった。

食べ終えて皿を洗おうとしたら、「あたしがやるわ」とあいつが名乗り出た。朝のやり取りはまるで気にしていない素振りで、熱の少なそうな瞳が私を間近で見据えてくる。「そう」と皿を預けたら、無言で流しに持っていった。助かるといえば助かるのだけど。

関節の据わりが悪い。糸で手足を引っ張られて、かくかく動いているみたいだった。

「ちょっと」

洗面所に歯を磨きに行こうとしたら、足を伸ばした母親が手招きしてくる。嫌だなぁと思いつつも無視すると酷いことになるので素直に引き返す。うちの母親は若い頃は大分弾けていた……らしい。らしいというのは不確かだからじゃなくて、今も十分弾け飛んでいるから若い頃という部分が怪しいという意味だ。どの辺が特に弾むかというと、腕。

怒るとすぐ手が出るし、足の出し方も慣れたものだ。ただそれに反するように気はえらく長い。長いから溜まり続けて、噴出すると凄惨になるのかもしれなかった。

「なに」

「あの子と仲良くやりな」

「……………」

「嫌なら楽しくでいいよ」

違いが分からなかった。意図に窮していると、母親が私の髪を取って揃えた指先に載せる。夕日を浴びた滝のように流れるそれに、母親がなにかを見つけるようににまぁっとする。

「綺麗だよ、あんたの髪」

「いつもと一緒だよ……」

母親は面倒くさくなると、私の髪を褒めて話を終わらせる。母親に似ても似つかない天然ものの色合いは、称賛されたり、不躾な視線だったり、距離を置かれたり、様々な評価を頂戴してきたものだった。

「仲良くねぇ……」

洗面所の前に立つ私の表情から、賛同は得づらい。

仲良くやれと言われても、そんな理由が私にあるだろうか。

歯ブラシをしゃこしゃこ動かしながら、細めたままの目と見つめ合う。

「んーむ」

磨いた口をゆすいで、やや温い水で顔を何度も洗う。

親の言い分に反抗したいのか、動じないあいつに反発したいのか。

ちゃんと考えてみたけど、仲良くしない理由も特になかった。

それなら、動いてもいいと思うのだ。

皿と箸を洗い終えたそいつが部屋に戻っていくのを、廊下から覗き見る。あそこはあいつだけの部屋じゃない、私のでもあるのだ。これから毎日、そんな葛藤と戦っているのも面白くない。

私と、あいつの部屋。そうしてしまえばいい、どうにもならないなら。

部屋にずかずか入る。前は扉を開けるときに、中のことなんて意識もしなかった。誰もいないに決まっていたからだ。今はあえて意識しないよう努めて、足音を少し強くする。

硬くなった膝で踏み抜くように歩き、他を見ないようにしながらそいつの隣に座る。

そいつの顔が上がるのを視線の動きで感じた。

でもしばらくはそのまま、前を向いて決してそちらを見なかった。

少し距離を空けても、そいつの肌の温度を錯覚する。近い距離にある二の腕が勝手になにかを伝え合っているみたいに。その幻の体温はむず痒く、けれど居心地の悪さをほんの少しだけ和らげてくれるような気がした。

「あのさ」

昨日もこれだった気がする。困ったらここに行き詰まるのだろうか。

「買い物、手伝ってくれない」

何秒か待って横を向く。そいつは分かりやすく不思議そうに目を丸くしていた。そうすると一層、顔つきが稚気に富む。年下にしか見えなくて、だからか抵抗も少し薄れた。

「買うって、なんの？」

「スーパー行くだけなんだけど。まとめて買う、荷物いっぱいで、だから、荷物持ち」

カタコトみたいになってしまった。うぉううぉうと両腕を重そうに上げる仕草まで足す。いるかこれ。

「ええけど」

そいつは大して考える間もなく請け負う。でも、一拍置いて。

虹でも描くように、目と顎を動かして。

「ええけど」

一度目はなにも考えないで、二度目はなにかを実感するように。

明後日(あさって)の方向に、頷(うなず)いたのだった。

立ち上がりかけたそいつに、手のひらを突き出して制する。

「あと、その前に」

「あん?」

一度、咳(せき)をして喉を整える。指の隙間を少しずつ広げて、そいつの顔が細切れに映る。

繋(つな)がっていなくても、バラバラでも、艶を感じることが少し悔しかった。

「星高空(ほしたかそら)」

誰かに名乗るなんていつ以来か。

友達は出会ってからなんとなくの間に名前を理解していたし。

明確に、誰かに伝えたのは本当に久しぶりかもしれない。

「私の名前」

そいつが目を向けてくるので、顎を動かして差し返す。そいつは、膝を一度軽く叩いて。

「どんな字書くん」

ノートと筆記用具を手に尋ねてきた。そこは名乗り返すところじゃないのかと思いつつ。

「星に高い空」

宙に漢字をなぞりながら説明する。そのままやな、とそいつの口が小さく動くのが見て取れた。使うまでもなかったノートを置いてから、そいつがようやく名乗り返す。

「水池海」

「……ふぅん」

「どんな字書くのか聞かんの？」

「いや大体分かるし……」

水と池と海さんなんでしょあなた。近くにいるだけで湿りそうだ。

「冗談みたいな名前」

「あんたも人のこと言えるんか」

お互いにムッと眉根を寄せながら睨む。しばらく睨んでいたけど、根負けしたのは私の方だった。正面の壁に目をやる。少しして、そいつの視線も私から外れるのを察した。

「ま、出会い方も冗談みたいなものやし」

「そーね」

珍しく意見が合った。そのせいか、そいつの……水池海（みずいけうみ）の口も軽い。

「あたしの名前の候補、他にあったのなんやと思う？」

「知らない」

「水池川（みずいけ）」

「……………………………」

「そーね」

「海でよかったわ」

川よりは締まりがあるように感じる。海は最後に流れ着く場所だからだ。

で、その水池川（みずいけ）ならぬ海。こうして名乗り返した以上は、向こうにも友好の意思ありと受け取る。ていうか、ないとめんどい。

だからあると決めつけて、次に行く。壁をがりがり削っていく。

ちょっと気になったので聞いてみる。

「母親の名前は？」

「水池泉（みずいけいずみ）」

へへへ、とお互い表情そのままに声だけ笑う。

「センス高いわ」

「そうやろ」

少しだけ声を弾ませる水池海が、先に立ち上がる。

「今から行くんか？」

「そのつもり」

「ん」

緩い部屋着のままで出ていった。それでも許されそうな後ろ姿を見送って、なぞる。

「みずいけうみ、ね」

水池さんか。名字を知れば案外、平凡な響きに収まる。

仰々しく捉える必要なんてないのかもしれない。

「よしっ」と後頭部で壁を押して、勢いよく立ち上がった。

そうして二人で出かける姿を見て、母親はなにを思っただろう。

横になってテレビの前に陣取り、まったくこっちを見向きもしていなかった。

学校とは方向をまた異にする道で、水池さんと並ぶ。登校と違って、前後ではなく横並び。

最初に並ぶとき、お互いの足は戸惑っていたけれど歩き出せば違和感も薄れていった。

人生、なにがあるのか分からないなって、隣の同級生を横目で見る。

学校となんら関係ない場所で出会ってしまったそいつが、前を向いたまま言う。

「スーパーって行くの久しぶりやわ」

「ま、高校生はあまり行かないかもね」

一般的でも、そうでなくても。

駐車場の車の間を縫って、斜めに抜けてスーパー前に着く。花屋のトラックが荷を下ろしているのを見て、そういえばと水池さんの方へ目立たない程度に鼻を働かせる。

外の雑多な匂いに紛れて、漂わせていた花の香りはほとんど消えていた。

いつもは一人で巡る店内を、同級生と一緒に歩く。顔なじみの店員もいるけど、私たちはどう見えているだろう。聞かれたら確かに困るな、親戚が来てるってことにしておこうか。

「あ、お母さん」

モヤシを取るところで、水池さんの声が聞こえて振り向く。積まれた果物の前で腰を屈めて、にこにこしている線の細い女性が私にも見えた。水池さんはもの凄く窮屈そうな顔つきでそれを認識している。けっこう距離があるけど、近視でも気づけるのは親子だからだろうか。

朝食の後に気づけばいなくなっていたけど、なんというか……身軽な人だ。

「ほんとにスーパーにいるんだ」

幼児みたいに目が輝いている。「んー」と口と目を線にした水池さんが唸り。

「見なかったことにしよ」

「あ、は」

本人はいたって普通にそう言っただけなんだろうけど、間と振り向きの動きが一致していて少しおかしい。急に笑ったようにしか見えない私に、水池さんが小さく首を傾げていた。

その仕草を見ていて、ああ、気をつけようって思う。普段と違って値段以外に目を奪われてなんでも手に取りそうだから、適当な浪費に気をつけないといけなかった。

まとめ買いしたものを袋に詰めて、小分けにしてと入れ直していると、「おぉー」と水池さんが後ろで安っぽく感動していた。すごいなって言われるのを待ってみたけど、今回はなかった。

「あんまり凄くなかった？」

「は？」

水池さんのお母さんは最後までほっといて、スーパーを出た。

バッグは私が持っているから、荷物持ちなんて口実なのは気づいているだろう。だとしても持とうかって提案くらいしてほしかった。本人は手ぶらで、ほけーっと道路や景色を眺めているのが、頼りない首の動きから見て取れる。なんにもしていなくて、ありふれた景色と重なるだけで、それでも物語を感じさせるくらいの横顔と髪の流れ。

もしかして美人って、それだけで生きることに意味を持てるんじゃないかって錯覚してしまう。水池さんの場合は美人でもあり、ふと見せる幼さに可愛げまであって、性格以外が強すぎるのかもしれない。性格は……愛想なくて、誰かと仲良くなりたいって気持ちがあるのか怪しいくらいだ。母親を含めて、誰にも友好とか好意なんて抱いていそうもないのが分かる。

その水池さんが、しかし私にはこう言ったのだ。

「友達ってこういう感じだったかな」

その口から出るものとは思えなかった単語に、意識が前につんのめる。

たーんと、自分の右足が地面を踏む音だけが頭の骨に響いた。

「あたし、友達ぜんぜんおらんから自信ないけど」

「う、んー、ともだち……ともだちかぁ。そ、お、ね」

戸惑っている私を見てか、水池さんが更に柔らかい言葉を重ねる。

「ホシタカさんって、いい人そうやね」

まだ少し疑いを残すような、手前に慎重に足を下ろすような評価。

でも、目と鼻の先には来ているのだった。

「そう、でもないんじゃないかな……」

なんか今おかしかったけど、そっちに気を配る余裕がない。気づけば物理的な距離も縮まって、私の顔を強く確かめるように水池さんが近い。間近まで来ると、目つきの悪さが解けて水池さん本来の端正な目もとが私を穏やかに捉えている。

そうすると、私はああなんか、羽を摑まれた鳥みたいに胸が窮屈になる。

心はこいつに、いつもなにを見出してしまっているんだ。

近寄っている自覚がないのか、水池さんはいたって平静だ。

「住んでる人と買い物なんて初めてやから、なんか……なんやろ、なんやろなぁ……」

該当するものを言い表せなくて、もどかしそうにしている水池さんに、こっちも少し考えて。

「わくわく?」

「あ、それかも」

しっくり来たらしい。立てた人差し指をくるくる回しながら、言う。

「助かるわ」

気持ちの正体を教えたことか、或いはもっと広いものへの感謝なのか。

「……うん」

どちらにせよ、私の語彙を根こそぎ削るには十分すぎるのだった。

……くそ、美人め。

美人に弱いのか、私。知らなかった。

弱いってなんだよ。本能的に下手に出てしまうのか?

美人に強いも分からないけどな、と意味不明な考察を延々続けてごまかす。

「あ、荷物持とうか?」

役割を思い出したように、やっと提案してくる。

「いや、だいじょうぶ」

結構ですと手を横に振ると、水池さんが、ふっと、頬を緩めたように見えた。

「いい人やね」

こんなことだけでいい人なんて、チョロいなこいつって、強がる。
言われただけで、ちょっと近くで話しただけで目が落ち着かなくなっている私が。
素直に礼も言えるやつ。友達であることを、拒否しないやつ。
名前を知って、輪郭がはっきりして。
後ろ向きじゃないものも段々見えてきて。
壁と床からそいつの存在が独立してくる。
ぎゅっぎゅっぎゅって、気持ちが強く、線を描く。
これが私と水池海（みずいけうみ）の始まりだった。
少なくとも私は、そう思っていた。

距離を縮めたせいか、ほんのりと残る匂いがある。
具体的な名前の出てこない、胸を伝うような花の匂いだった。

「おかえり」
「……ただいま」

週明けも、当たり前のように水池母娘との生活が続く。それが、これからの私の当たり前だ。

学校から帰って、先に居間で掃除機を動かす水池さんに、ためらいながら声をかける。

「みず、いけ、さん」

改まって、ぎこちなく呼ぶ。あんたとか、そいつじゃなくて、同級生の水池さん。

呼ばれた方も肩がやや引けているように見える。なんだ、この距離感。

「先に掃除機かけてから、雑巾で拭く……方がいいと思うんだ私は」

床の温度を靴下越しに感じながら指摘する。掃除機をとめて、水池さんが目を丸くした。

「あ、そうか」

そういう子供じみた顔つきが、ふと油断したときにこぼれる。

それだけで、こっちの頬が緩みそうになるのは、なんなのだろう。

夕飯はまた二人で、向かい合って食べる。今日も「すごいな」と褒めて？　くれながら顎を動かしている。なに食べても美味しいとは言わないので、なんとなく味の感想を聞きづらい。

なんなら炊いただけのご飯を食べるだけでもすごいと言っている。

あまり本気で受け取らない方がいいかもしれなかった。

食べ終えた後の食器の片づけは水池さんが率先して行う。名前からして水仕事が向いていそうだと安易に思う。水池海流。他にどんなものがくっつくだろうって、そんなことを考える。

以前なら皿洗いだって自分でやらないといけなかったのだ。

一人だと生まれない、無駄で、楽をする時間。

そういうのもあるのか、って天井を見つめる。誰かと生きることの価値を、大げさかもしれないけど初めて体感する。みんな、一人で生きたがらないのはこういうところにあるのかもしれなかった。

楽になりたいもんなぁ、毎日。

お互いの役割を済ませたら、後は、静かな流れに浸るだけだった。

先に私が部屋にいても、水池さんは抵抗なく入ってくる。水池さんの場合は最初から平気な調子で好き放題していたけど。私も、水池さんという存在を認めてからはそこまで圧を感じなくなった。

夜の滲みと共に、玄関の扉の開く音がする。

「帰ってきたな」

「そーね」

出迎えにはいかないみたいで、二人で壁に頭をつけながら動かない。

今日は水池さんも教科書を開かないで、眠そうにぼんやりとしている。

私は気づかれないように、その様子を時折確認する。

反発の少ないやつ。打っても響かないし、向こうからの動きも少ない。だけど、目立たないというには無理がある、人目を惹き続けるその外形。路上に精巧な細工品が落ちているのを見つけてしまったような場違い、動揺、そして高揚。纏めるための適切な言葉が、簡単に見つかるようでぱっと出てこないのがもどかしい。

他の人はどうだか……大体同じだと思うけど、私からするとそいつは、綺麗だった。非の打ちどころが性格や態度といった部分でしか成り立たない。それくらい、隙がない。

そいつと今、並んで座って、視線が行き来している。

少し、段差を感じながら。

こんなこと言ってしまうのもなんだけど、向こうの方が明らか美人だ。

そこに捻くれたものや、大きな反発がないのが不思議で、不気味だ。最初からそうだった。水池さんを見るというのは、私にとって俯きそうになりながらもやめられないことなのだ。

水池さん、みずいけさん。

水池さんって呼ぶの、なんだか気味が悪いな。気持ち悪い、と肩を揺すってしまう。同級生だから自然の呼び方なのに、例外な関係だからか距離感と認識にズレを感じる。でもそのちぐはぐ感を戸惑いながらも、なんていうか……なにかあるって、感じている自分は確かにいた。

他の友達みたいに会話が弾むわけでもないのに、私は、水池さんと一緒にいた。

そういえば電話番号とか、交換……しても、別に連絡することもないか。でも一緒に暮らすなら、聞いておいても損はないように思う。番号聞くくらい手間でもないんだし。

「水池さん、あのさ」

「あ」

電話を掲げたのと同時に、向こうの電話が鳴る。ぐぬぅっと、悪い目つきが電話を睨む。でも映るものを確認してか、ふっとその顔つきが和らぐ。

それから電話を手にしたまま固まっている私に、水池さんが首を傾げた。

「なんやった？」

「あ、うん。電話が、鳴るよって……」

驚いて、意味の分からないことを言ってしまう。

「あんた凄いな。頭にアンテナとか刺さっとるの？」

「いやべつに……」

「あたしもそういうの欲しいわ」

……必要か？

水池さんがこの間みたいに、化粧道具を持って洗面所へ向かった。今回もお出かけらしい。呼び出されているのだろうか。誰に、って想像を突き詰めていくと毎回、嫌な絵面しか思い浮かばない。気持ちがなんともゲロゲロだ。違っていてほしいけど、他が思いつかない。

持ったままの電話を、そっと布団の上に置く。

足の親指を摑んで、背を丸めて、前後に揺れ続けた。

「今日も多分泊まりやから」

からない。

「あ、うん……」

戻ってきた水池さんがこの間と同じく、教科書と筆記用具を鞄に詰める。そこがなにより分からない。

飾り付けられた水池さんが、今夜も私の知らない場所に行く。

「ただいまぁ。あらぁ、今度はそっちがお出かけ？」

「うん」

「車に気をつけるのよ」

「行ってきます」

部屋の外で、水池さんがお母さんと話しているのが聞こえる。止めないのか、母親も。

奔放というか、放蕩というか。放蕩の意味合ってる？

なにか気分に靄がかかり、あぐらをかいて足をじたばたさせていると水池さんが戻ってきた。

「あー」と、目と声が横に逃げながら。

「行ってくるわ」

「うぇ」

面食らってろくな返事ができない間に、さっさといなくなってしまう。

「えっと、あの、行って、くださいませ？」

混乱が舌の上を、でこぼこ道を歩くように進んでいった。

聞こえていない方が助かったかもしれない。

挨拶に、どう返せばいいのか。その当たり前を導くのに、少し時間がかかった。

「行ってらっしゃい」

首から上だけ別人のものみたいに、耳に入る声が他人めいていた。

練習した方がいいのかな、なんて益体もないことを考える。

どうせすぐにいなくなる、よく分からない同居人なのだ。

……本当にそうなるだろうか？

それはさておき。

ちゃんと挨拶してくるなんて、なんだ、仲良くやっている？　じゃないか。

「じゃないか」

他人事みたいに言わないと、照れくさくて床を転がりそうだった。

横に倒れそうな身体を維持して、体育座りを構築しながら、吐露する。

「どこ行くのって、聞いた方がいいのかな……」

いや前聞いたけど。突っぱねられたけど。

今度は少しくらい真面目に気になる。夜の外出、外泊、生活費の捻出。不穏なものが見え隠れどころか常時丸出しだ。疑わなくていいところがない。そういうのしか、連想できない。

もしそうなのだとしたら、ヤバい。それはなんだか気持ちのいい想像ではないということもヤバく、そして不健全であることもヤバい。表に出せないことは、出すとヤバだからこそこそしているのだ。水池さんが『ヤバい』と、一緒に暮らしている私たちにまで迷惑が広がるんじゃないかっていう心配もある。どっちかというと本人よりもそっちの方が不安だ。

怖い人が急にやってきたら嫌な思いで済まないだろう。

ただ分からないのはそこに教科書が加わることだった。食い合わせは実に悪そうである。私の未経験の想像力ではいかがわしさと教科書を組み合わせたまったく新しいミステリアスが形にならない。普段使っている教科書になんらかの秘密が眠っているかどうかは、一応授業を受けている私もよく知っていた。だから教科書は大事だけど、多分重要じゃない。

「わっかんね」

身体の斜め下あたりに、声ともやもやが固まる。どこかが痒いのに、どこを掻いてもそれが解消されないようなもどかしさは、水池さんのなにを素材として生まれているのだろう。

今の私に分かるのは名前と、その秀麗。

目に留まると残像を強く焼き付ける。

一人で部屋にいるのに、どこか息苦しい。

「みずいけ、うみ」

傾きながら、なんとなくその名前を口にしてしまう。

邪魔者が、ふわふわしたものが、水池海になっていく。

大きい風呂(ふろ)、上等なコンディショナー、肌触りのいい寝間着。

床ではなくふかふかのベッドに足を伸ばして沈んでいると、別人の身体(からだ)みたいに違和感が酷(ひど)い。気だるさと、足の裏まで帯びた熱が同居して意識が居場所に困っている。

程よく眠くて、程よく疲れていた。

そこに微睡(まどろ)みそうなくらい意識が油断していて、それが許される空間。

駅からちょっと電車に乗っただけで、別天地。

本当に普段の環境と世界が繋(つな)がっているんだろうかって、わからなくなる。

そんな不確かなあたしを肯定するような重みが、足の上で華やかに蠢(うごめ)く。

伸びた足を枕代わりに転がる、寝間着を横着に一枚身体(からだ)に巻いただけの女。火照(ほて)ったように血色のいい肌は薄明かりの下でも艶(つや)めき、視線がさまようことを許さないように吸い寄せられる。直接触るときとはまた別の緊張があった。立ち込める花の匂いと共に、喉をくすぐられるような感覚。なにかを求めるような意識に揺さぶられて、これが続くと頭が痛くなってくる。

つまりなにが言いたいかというと……肌、きれい。

また触りたい。

それだけだった。

チキさんは他人の意識を塗りつぶせるくらいの美人で。

あたしを買う女。

あたしの身体を求める人。

あたしに糧をもたらす存在。

あたしが、ともう一つ続けそうになって、頬を掻く。

陸中地生と名乗っているけど本名か怪しい。というか嘘の名前やとあたしは思っとる。

やってることがことだけに隠したいことしかないはずや。

「……チキさん」

「んー？」

「乳首当てようと突っつくのやめてもらえます？」

人の膝元を枕にしながら恥ずかしい遊びに興じるチキさんの手首を掴む。すらりと伸びた人差し指がかりかりと服ごと人の胸をなぞってくる。やめろ言ってるやろ。

動く度、チキさんからはいい香りが立ち上る。花の香りやと思うけど、種類まではわからん。

「なんにもしないとウミちゃんすぐ寝ちゃうから」

「だからなんでもしてええって話じゃないです」

してええんやけど、立場としては。

「乳首五回連続で当てたら勝ちってルールがわたしの中にあってぇ」

この世から消せやそんなもん。

「なくてぇいいです」

咎めようとした手を逆に搦めとられて、起き上がったチキさんにのしかかられる。そのまま押し倒されて、チキさんの唇に呼吸を奪われた。寝技でも仕掛けられたと思うくらい手並みが鮮やかで、抵抗を挟む暇もなかった。目も口も逃げ場はなく、目の前のあり得んくらい熱い現実と向き合うしかなかった。

最後にあたしの下唇を舐めながら、チキさんの顔が離れる。二人で中途半端に枕に頭を乗っけながら、間近で見つめ合う。なにかしているときも、なにもしていないときもこの人の前では恥ずかしさが湧いてくる。認めたくはないけど、意識しまくりってことなんだろう。

「……まだするんです?」

「しないしない。こうしてたいだけ」

穏やかに微笑むチキさんの髪が頬にくすぐったい。

「こうしてるとね、最高なの」

「……そうですか？」

「うん。そうやって平気そうにしてるウミちゃんの体温がどんどん上がってくのを感じると、心に直接触れているみたいだもの」

摑んだままのあたしの手を、嬉しそうに掲げる。

心に触れるなんて言われて、慌てて振りほどこうとしたら、捕縛するように深く指が絡む。

「離さない」

ぎゅっと、チキさんの指先に力がこもる。そのチキさんの指も側面が熱い。

その温度を、目を瞑っても残る確かなものを、噛みしめながら。

なにしとるんやろうって、思った。

この人と出会って、こうやって呼び出されては…………満たされて。

あたしがチキさんに教えたのは高校生であることと、下の名前だけ。

制服で会ったことあるから、高校がどこかはバレてるかもしれんけど。

それから、他人に知られたら恥ずかしくて生きていけんようなことは……たくさん。これは教えたんじゃなくて、暴かれた。一つずつ思い出すと本当に死にたくなるので日々懸命に見ないふりをしている。時間が経って振り返るとなんでそんなことをしたんだろう、できたんだろうということしかない。でもチキさんはあたしの嫌がることを無理強いしないから、そのときのあたしは納得したのだろう。どうして。

熱に浮かされる、ってやつなんだろうか。

「飽きたら勉強教えてくれますか」

「はーい」

チキさんに呼び出されてやることは……とか、他愛もないお喋りに、勉強。

ホテルに来るときに持ってくるものが教科書ということに、多少の業を感じる。

チキさんは賢い。少なくとも高校生に勉強を教えることには困らんくらいには知識がある。それも劣化しとる様子がないから、最近まで高校生だったのかもしれない。チキさんは名前以外なんも明かしてくれんから、こうやって推測するしかない。

とりあえず、見た目から受ける年齢の印象は二十歳くらいだった。

前にそう言ったら、そんな感じかもとぼかされた。なにも覗かれたくないらしい。

そんな人なのに、普通は見られるはずのないものだけは全部見せあっとる。

めちゃくちゃだった。でも破綻していないのは、なにも築いていないからだろうか。

「おーい、どうかした？」

「え？」

「わたしをぼんやり、じとーっと見てるから」

「難しくないですかそれ」

矛盾しとるのは、今こうしてチキさんに出会っていることくらいであってほしい。

言うか迷ったけど、前から考えていたことを、目を逸らしながら伝える。

「いい人に会えたなって」

それは皮肉でもなく、きっと凄く幸運な相手と巡り会ったのだ。

少なくとも、今のところは。

「いい人じゃないよー。女子高生をお金で釣ってる悪い大人だよー」

耳にかかる髪を掻き上げながら、チキさんが穏やかに否定する。

「そこは間違いありませんけど」

本当にまともな人は、人を金で釣らんということはよくわかっとって、でも。

この人に、救われている。

中途半端に起き上がって、ベッドの端に足を下ろして座る。硬い床にお尻を下ろすのとはわけが違うくらい身体が沈む。何回も転がって座ってそれでもまだ、埋まるかもって慣れない。

背後でチキさんも動く気配がした。そしてそのまましかかるように、後ろからあたしに抱きついてくる。慣れてはいても一瞬、無防備な頭を叩かれたように意識が前へつんのめる。

「くっつくと、ウミちゃんの肩と腕が硬くなるのいいよね」

「いいって、なにが」

「かわいい」

更にぎゅうっとひっついてきた。

こうやってチキさんに抱きしめられると、なにもしていない時間でも鼓動が速まる。

チキさんは良い人やし、美人やし、花の匂いするし、頭いいし、優しいし、面倒見いいし、一緒にいると落ち着くし、胸デカいし、美人だからだ。ごめんうそ、落ち着かんかも。

いや落ち着くのは落ち着くんやけど……なんやろ……胸のあたりが血を煮詰めたように熱い。

血管を通るそれが濃く、どろどろと流れているのが伝わってくる。

その熱は不安を煽りながら、身体の隅々へ流れ落ちることに心地よさを残していく。

そして余韻のように指先が痺れるのだけど、それが嫌でないのが……不思議や。

「ウミちゃんは最近、お金以外に困ってることはない？」

肩に顎を乗せながら、チキさんが聞いてくる。

まず、チキさんの顔を見そうになった。

あんただ、あんたって言いたくなった。

それからお母さんのことと、次に狭い部屋の同居人のことが頭に浮かぶ。

「……いえ、べつに」

嘘をついた。困っていないことの方が少ない。

「ならいいけど、あったら話してみてね。わたしは無責任に話を聞くだけかもしれないけど、そういうのを聞いてくれる相手がいるだけでも違うと思うから」

「……はい」

ああ、多分。そういう気の遣い方してくれるところなんやろうなって感じる。

他に誰もおらんから、乾いた唇に水が染み込むみたいに、効く。

「どうしても無理になったら、わたしが養ってあげるし」

「そりゃー……魅力的ですね」

全部投げ出して、明日も明後日もこの柔らかく清潔なベッドの上で目が覚める。

三日続いたら、あたしはもう抜け出せなくなるだろう。

「チキさんって女子高生が好きなんですよね」

「うん」

最初にそう紹介されて、それは今も変わらない。

「買うのは女子高生だけ」

「今はお気に入りの子を一人だけでーす」

ひく、と肩が上擦りそうになるのを、握りこぶしを作って押さえる。

喜ぶなそんなこと、と自分を思いっきり見下げる。

「つまり……家族は面倒見てくれんのですよね」

お母さんと言いかけて、なんとなく回り道した。

「そうだねぇ。女子高生以外はねぇ」

「じゃあ、ダメですね」

背を少し伸ばす。真っ直ぐにすると、背中がチキさんをより近くに感じた。

匂いも強まり、花束の中に自分が刺さっているみたいだった。

「別に好きじゃないけど、見捨てることは考えられんから」

多分、お母さんも似た気持ちだと思う。なんていうか、ずっと一緒にやってきたし。

いなくなったら、お互いに独りになるから。

「ウミちゃんのそういうところ、たまらない」

チキさんのまっしろい指が、あたしの左目と首筋を覆った。

「ぜーんぶ投げ捨てさせて、夢中にさせたくなるなぁ」

肩を撫でるような吐息に、耳の裏側が凍結したように冷え切る。

首筋からゆるゆると上る指が、残る右目も覆い隠してしまう。

磨かれたように白い指にもたらされるもので、目の前が真っ暗になった。

「ウミちゃんがこれまで大事にしてきたものも、常識も、動機も、譲れないものも、根っこも、価値観もみーんなどうでもよくなって、踏みにじってでもわたしを求めてくれるくらいどうしようもなくなってほしいなぁ」

子供が甘いお菓子をねだるような調子で、綿あめみたいに膨らんだ夢があたしを侵す。

暗闇の中、嵐にでも巻き込まれたようにざぁざぁと、雨の音が耳を打っていた。

「……チキさん」

「なんちゃって。どう、悪い女に思えてきた？」

そのまま柔らかい身体を押しつけてきて、顔を覗いてくる。まだその指が目を優しく制圧していて、表情を窺えない。でもそうすると心は警戒するように立ち上がったままなのに、あたしのそれ以外のすべてが心地の良いものに従ってしまう。チキさんから与えられるものが、あまりにあたしを揺さぶる。いやおっぱい柔らかいとかそういう話は半分くらいで。

「いい人なんて思われてると心苦しいから」

「……そんなことで心苦しくなるなら、やっぱり優しい人なんやと思います」

本当に心が苦しいならね、と口の中でだけ付け足す。

だって、悪い女だし。

チキさんが今言ったことの半分くらいはもう達成されていて、それで平気そうにあたしに笑いかけてくるんだから。

「あ、そろそろ勉強しよっか」

「はい」

そう言いながらあたしの目を優しく塞いだまま、チキさんが唇を重ねてくる。

何度目でも胸を突き飛ばされたように気圧(けお)されて、慣れない。

息が苦しい。

チキさんを、感じすぎる。

チキさんは良(い)い人やし、美人やし、花の匂いするし、頭いいし、優しいし、面倒見いいし、一緒にいると落ち着くし、胸デカいし、美人やけど、女子高生を飼うのが趣味のおねえさんだった。

『水池海沼』

My first love partner
was kissing

昔から、家と住む人がころころ変わるのが当たり前やった。お母さんはそういう生き方しかできん人で、あたしもそのお母さんの側でしか生きられん子供やったし。それが何軒目でどんな人かも忘れたけど、あたしたちをルロウノタミと笑ってたのはなんとなく印象に残った。

言われたことが漢字になるには、それから大分時間が必要だった。

大体の人はお母さんを招き入れるときは笑顔で、くっついてくるあたしを見ると微妙な顔になった。子持ちって最初に話すと多分泊めてくれんから、後出しで交渉するのが常やった。女が増えるならともかく、子供が増えると周りからの注目を浴びるし言い訳だってするのも面倒やし。だからあたしは知らん人の家で、じっと大人しくしとらんといかんことをすぐ理解した。

知らん大人は大体、あたしに優しくなかった。無視されるのが一番嬉しくて、疎まれるのはいつからか楽になって、絡まれるのはただ嫌だった。お母さんと自分がどういうことをしているのか教えてくる意地の悪いやつもいた。聞きたくはなかったけど、聞かないと怒られそうで怖かったからちゃんと聞いた。正直、当時はわからんかったけど人に知られるとよくないことというのは朧気に理解できた。でもあたしは、お母さんのことを嫌いにはならなかった。

お母さんがそうやってあたしを育ててるんやと思って、そこに良いも悪いもないと感じていた。なんもしてくれないでほっとかれるよりはずっとマシだった。

そう思わんと、やっとれんかった。

朝、登校するときは人目を気にしてこそこそと家を出なければいけなかった。それは多少大きくなってからも変わらなくて、帰るときも同じことだった。とにかく目立てばそれだけ、住み続けられる時間を失う。住むところがあるだけ助かるというのも、段々とわかってきた。

学校の友達は絶対に家に連れてこられんかったし、友達の家に行くのも遠慮するしかなかった。格好、他の子と見比べると口に出さなくても差があったし。放課後に遊ぶのも落ち着かなくて、結局逃げるように帰ってばかりだった。そうやってしていても噂はどこからか広まるもので、あたしは次第に腫物みたいな扱いになった。

あたしとは遊ぶなって親に言われたってわざわざ言った子もいた。わかるけど、それなりに傷つくし落ち込みもするから言わんでほしいなぁって思った。それからは、同級生と話すのも極力避けた。黙って下向いてれば、みんなあたしのことを忘れてくれた。時々、嫌なこともあったけど無視していたら相手にされなくなってほっとした。

誰にも気づかれないよう、ただ縮こまって。

あたしって、この町にいる意味あるんやろうか？

部屋の暗がりでよく、そんなことを考えていた。

そういえばお父さんっていないな、と小学五年生くらいになってからふと気づいた。お母さんに後で聞いたら困った笑みを浮かべていたので、もう聞かないようにしようと思った。

住処を転々としながらもなんとか小学校を卒業して、どこに行くにも制服を着るようになった頃から、あれひょっとしてあたしって人生ヤバい？　と不安を覚えるようになってきた。今見えている不確かな線の上をずっとなぞって歩いていく先には、あまりになにも見えてこない。いやなんにもないならまだいい方で、線なんて続いてすらいないかもしれない。

このままではいけない、と遅れてやっと危機感を抱く。

でもあたしになにができる？　と問いただしても、なんも答えはなくて。

とりあえず、授業だけはちゃんと受けることにした。大体の日は学校に通っていて、他にできることもない。勉強して少し頭よくなったら見えてくるものもあるかもしれんという思いがあった。幸い、誰も話しかけてこんから勉強ははかどった。成績は結構いい方になったけど、なにも変わらんなぁって教室を見回す。そのまま教科書だけ開いて、時間が垂れ流れていく。

小学校のときもそうだけど、学校行事の旅行には不参加だった。そのことについて『ごめんね』ってお母さんに一度言われた気がするけど、『べつに』と素っ気なく答えておいた。

なにがべつになのかは、なんもわからん。

それから『高校は行っておいた方がいいわ』とお母さんが言って、なんでって聞いたら『素敵なお友達ができるかもしれないもの』と微笑んで言っていた。なんやその理由。

行けるんかって聞いたらなんとかするって答えた。頼りないお母さんが珍しくはっきり言ったので、なんとかなるのを信じた。

結果、なんとかなった。

お母さんはしばらく、疲れた顔しか浮かべなくなっていた。

いつも俯いてるあたしとおんなじ顔なんやろう、きっと。

どうやったかは、聞かん方がいいんやろうなと思った。


そんなこんなで高校生になってみたものの、中学生のときとなんも変わらん景色やった。

当たり前なんやけど、なんもしないから、なんも変わらなくて。

高一の夏をちょい過ぎた頃の『家』はどうも合わなくて、一緒に暮らす『家族』も気に入らんくて、応戦の末にその日は帰れんくなって駅をふらふら歩いとった。制服着たままでも不自然でない時間っていつまでなんやろと少しずつ焦って、一階の大きな柱を背にしながら動けんくなった。疲れてるけど、座るとこもない。

このまま帰らんかったらどうなるんやろ、と突っ立ったままぼんやり考える。警察に見つかって色々言われて……そうなると面倒やな。あたしの事情は色々問題になりそうやし。

じゃあ、このままだとあかんけど。

どこに帰ればいいんやろ。

帰るっていうのはなんか落ち着けるらしいけどそんなの感じたことないから、じゃああたしは一度もどこにも帰ったことがないのかもしれない。それは実感が湧かない中でも、とても不幸なことに思えた。

あたしは俯いて、荒れた手を見ていた。人の顔を叩いたのは初めてかもしれんかった。叩いたことと迫られたことの両方が怖くなる。蹴ったり殴ったりしたけど、お母さんは大丈夫なんやろうか。八つ当たりに今頃、ボコボコにされとるかもしれん。

戻った方がええかな、とも考えた。

でもあの部屋の気だるいくらい蒸し暑い空気を思い出すと、戻る気も失せた。

九月の終わりも近いのに、まだ夏の過ぎ去る気配がない。蟬だって少なくなったけど、まだ鳴いとる。夏は嫌いだ。暑いとただでさえ悪い頭が余計にぼーっとして、なんも働かん。

冬も嫌いだし、秋も嫌いだし、春も嫌いだけど。

生きるの、あんまり好きじゃないんやな、あたし。

人を叩いた手と蹴った足が、今頃じんじん熱を帯びてくる。指は震えていた。

小学生のときに飛び蹴り何回か食らったことあったけど、あいつら平気そうにしとったからすごいな、って変なことに感心する。あたしもお母さんと同じで、なんもできんのかもしれん。

じゃあ、なにか考えるだけ無駄か？

無駄かなぁ。

嫌やなぁ、無駄やったら。

どうにもならんってわかってても、それこそどうにもならんし。

そうやって、ずっと下を見ていた。下を見るのはいつものことやった。

上向いてると、色んなものが見えるから。

見えて、目が合って、見つかると困るから。

だから、あたしは。

「……あ?」

掠れてぼけた自分のマヌケな声は、他人のそれみたいだった。

変わらない駅の床を塗り替えるように、ふっと、割り込んでくるものがあった。

当たり前のように、自然にあたしの手を摑む色白の手。指を搦めとられてから少しして、はっとなった。

遅れて背中をぞわぞわさせながら、顔を上げる。

知らん女があたしの手を取っていた。

その知らん女は一言で言うと、あたしのお母さんよりも美人に見えた。

お母さんは顔だけはいいって男女問わず評価される人で、それを頼りに生きてきて。でも、そんな人よりも綺麗やと思った。それが第一印象やった。

そしてぜんぜん、一言ではなくなった。

「こんなとこで暗い顔してたら警察の人に声かけられるよ」

あたしの手を引いて歩きだす女が、注意でもするように言う。声は少しだけ年上を意識させた。柔らかい、包むような声。触れている指先も同様の質の高さを感じさせてくる。

「それともかけられたい？」

「……なに、あんた」

一応考えてはみたけど、やっぱり面識のない相手だった。引っ張られるから、やむなくあたしも歩かざるを得ない。肘が置き場を見失ったように頼りなくぐらぐらしていた。

「声カラカラじゃない。喉渇いてる？」

女はこっちの疑問を無視して質問し返してくる。……渇いてるけど。そのせいで声が出しづらい。普段ろくに人と話していないのも重なって、問答が咄嗟に出てこん。女はそうしたあたしの無反応をどう取ったのか、そのまま真っ直ぐあたしを引っ張っていく。

歩かんでも、前に進んでいく。その感覚は初めてかもしれなかった。

お母さんとは手を繋いで歩かんから。お母さんはいつも荷物抱えて、手が空いてなかった。

勝手に進むなら自分で歩くのだるいわーとか一瞬思ったけど、歩かんかったら終わりやと思い直してちゃんと歩くことにした。……で、なんで歩いとるんやろ？

「あの、説明……なにこれ」

言葉が出た途端にぐずぐず崩れて、あやふやなものしか残らない。

「なにってナンパですよ」

なんぱ？

女に連れていかれた先は駅のコーヒー屋だった。……コーヒー屋でええんか？　ショップ？

「どう……とる」

店名らしきものをそのまま読んだ。読まない方がよかったな、と女の肩が揺れるのを見て後悔した。……なんなんや、この女。大事な疑問が暑さですぐ後回しになる。

「今のぼそっと喋（しゃべ）る冗談、なかなか面白かった」

「……べつに、冗談やないけど」

本当はなんて読めばいいのか。目線や態度から察したのか、女がごく真面目に教えてくれた。

まぁ、大体合ってた。

「入ったこと、ないから」

「じゃあ尚更（なおさら）行こう」

さぁさぁとあたしの背中を抱えるように腕を回してくる。逃がさんとばかりに。

逃げる場所なんてどこにもないから、逃げることもできんのやけど。

本当になんもできんな、あたし。

……ま、ええわ。もうなんでも。

「リンゴジュース、ありますか？」

あたしの確認に、女はにこにこ笑いながら手を引いてきた。なにがそんな楽しいのか、わからん。でもその笑顔をなんでか直視しづらくて、光を浴びたように目を逸らした。

店内の注文は女が全部済ませた。あたしの手元には希望通りリンゴジュースがやってきた。紙パックじゃないジュースを飲むの、久しぶりだった。

女に連れられた席に収まる。女の頼んだやつは横で聞いていてもさっぱりわからんかった。普通、女子高生ならパッと理解できるんやろうか。

店の中は、時間も遅くなってきたけどまだまだ混んでいた。学生服の姿も少し見える。みんな雑談で賑わって、わいわいうるさくて、町の歩道に座っているみたいだった。

「さ、どうぞ」

「……お金ないですよ、あたし」

「いいから」

促されて、冷えたコップを手で包む。やや黄色いその液体をストローで吸い込むと、甘味と冷気が鋭く口の中に入り込んできた。頬が引き締まったように痛い。優しい刺激に満ちたそれを呑み込むと、空っぽだった胃がぐるぐるした。

大きく息を吐くと、店内の天井から来る冷気を頭からすっぽり被ったみたいに温度が冷えた。指の震えはいつの間にか止まっていた。コップの冷たさに、人を叩いた感触が上書きされていく。ジュースをまたすすって、身体にまとわりつくものを少しずつ剝がしていく。

気づいたらジュースは早々に半分近くなくなっていた。

「おいしい？」

「……喉渇いてたから」

なんの言い訳をしてるんやろう、あたし。リンゴジュースがおいしいかどうかについて捻（ひね）くれる必要はどこにもない。意地の張る場所を明らかに間違えていた。

女の目が動き、手が伸びる。あたしの頬に軽く触れてくる。途端、痛みが走る。

「つっ」

「爪に引っかかれた跡」

女が指摘してくる。取っ組み合ったときに爪が当たっとったみたいだ。

他に言ってこないから顔にはもう傷がないみたいで、少しほっとする。

目に見える傷がいっぱいあったら、なんか嫌やし。

「訳あり家出女子高生」

女が無難そうな推理を披露してきた。

「当たった？」

「さぁ」

大体合ってた。

訳もあるし女子高生で、仮初（かりそめ）の家を出てきた。対するにこの女は……美人の女としかわからん。こっちと違って服装で所属を判断できんから、今のところ情報で負けている。

「それで、なに？」

名前もわからん液体飲んどる女が目を丸くする。

「なにって？」

「なんか……わからんけどあるんやろ」

誰がなんの見返りもなくジュースご馳走してくれるのか。

「んーそうだねぇ、どんなお話をしようかな」

女の人差し指が踊る。見えもしない夜の星を数えるように。

「あなたのことはどれくらい聞いていいの？」

「……なんで、あたし？」

疑問ががったんごっとん、段差に引っかかる。

「ああ」とあたしの反応を見てか、女が笑いながらその目的を語った。

「さっきも言ったけどこれナンパだよ。女子高生とデートしたかっただけ」

「……冗談はいいです」

「それ以外の理由で知らない子に声なんてかけると思うの？」

女が本気そうだったから、こっちもちょっと考えてみる。知らん女子高生に声かけるとき、どんな状況が想定されるか……警察もなさそうやし、え、うぅん………あれ？

確かになんも思いつかん。あ、なんかの勧誘か？

「宗教とかあたし無理ですよ。頭悪いから」

「頭悪いならもっと警戒しないでほしいな」

あたしの瞳を覗き込むように見つめながら話してくるせいか、女の声が一々頭の骨に響く。

「きみは頭悪くなんかないよ。わたしを全然信用してない、それって頭使ってるってことだから。本当に頭の悪い子はなんにも考えないもの」

経験を踏まえて語るように、女の話にはある種の説得力が伴っていた。

「きみはふつーの、とてもかわいい女子高生ってとこ」

明け透けに褒められると反応に困る。女は花みたいに開いた笑顔で、嘘言っとる様子もないし。あたしがかわいい。……まぁ、そういうこともあるかもしれん。あのお母さんの子供だから。似ているなら、美人でもおかしくない。鏡なんて覗くの好きじゃないから、意識したこともほとんどないけど。

「すごくかわいい子が困ってそうだったから、押せばいけるかなと」

とてもがすごくになった。どっちの方がエライんやろう。

「人の弱みにつけこもうってこと？」

「うん」

お人好しそうな女はまったく悪びれない。

「どんな困りごとか聞かせてほしいなー」

女は嬉々として人の悩みごとを聞き出そうとしてくる。なんやこの女。

呆れて、口も塞がる。

帰るところがない、なんて他人に言ったところでどうなるものか。

あたしが返答に窮していると、女が姿勢を変える。

「じゃあこっちから聞こっか。お金には困ってる？」

「とても」

お茶代支払えないくらいには、と肩をすくめた。女はその返事を待っていたように踏み込んでくる。水滴のまだ垂れるストローを、こちらに向けた。

「それならお金、あげよっか」

「あぁ？」

いきなり夢みたいな話が飛んできて声が荒くなる。誰が意味もなくお金なんてくれるものか。

話題のうさん臭さが途端に跳ねあがって、潰れかけていた頭の中身が飛び起きる。

もちろん、こんな見た目に人当りがよく女神みたいな雰囲気さえ漂うこの女でも、なんの見返りもないはずはなかった。

「簡潔に言うと、お金を渡すからきみを抱かせて」

「は？」

女は微笑みながら、あたしの理解と返事を待つように目を逸らす。

「抱くって、そういう？」

「そういうの」

あたしだってあのお母さんの娘だから、意味はちゃんとわかっとる。

いやでもお金貰って、身体差し出すって……。

「……ようは売春？」

「そういう言い方もありますねぇ」

他にどんな言い方があるんやろ。ああまぁ、色々あるんやろうな。表に出したくないことやから、あの手この手でごまかす言葉が生まれてくるわけだ。ぱっと思いつかんけど。

女を上から下まで眺めるように、じっくり確認する。……女やな。それも、美のつく。

……本気なんか？

「あの、どっちも女ですけど」

「女が女を買ったらいけない？」

試すように問いかけてくる。

「いや別に……あ、やっぱあかんわ。そもそも犯罪やから……」

それ以前の問題やった。あたしの気づきに、女は楽しさをこぼすように笑う。

どの辺がどういう風に犯罪なのかあたしは知らんけど、目の前の女は明らかに慣れていて。

これまで買い漁ってきたんやろうな、と想像させるのに難しくなかった。

今まで考えたこともなかったけど、そういう人もいるんやろうな。それから、あたしたちを泊めてくれるのは時々女の人もおったけどひょっとしてそういうことやったんかなと今頃に気づく。世は乱れとるなぁと、どうでもいいことを適当に思う。

それから、そのお母さんのことを思い出す。

お金ねぇ。

身体売って、お金を貰う。

お母さんと同じことして生きるんか、あたしも。

それは、ま、そういう生き方もある。

でもこんな毎日嫌だと思っているのに、お母さんと同じ道しか歩けんってことは、一生このままなんかなぁやっぱり。そんな事実を突きつけられた気がして、ひっくり返された亀みたいな気分になる。

ああでも、そうなっちゃうか。

今他に売れるもの、ないもんな。

どこにも行けんし、なんにもできん。

そういうのが嫌で勉強しとったのに、ぜんぜん、間に合わんかったみたいだ。

あの家に帰る気も起こらんし、そもそも帰れんと思うし、ま、なんでもいいか。

雨宿りみたいなものやと思えば。

「いいですよ、べつに」

好きにすればいい。女の綺麗な手を見つめながら、投げやりに返事する。

あの手が自分の肌を撫でるのを想像しても、そこまで抵抗はなかった。さっき握ったときもすべすべしてたし。あたしの手と違って引っかかるところが少ない、柔らかい風みたいな指先やった。それなら……それなら、いいかって諦められる気がした。

今の家のやつといい、目の前の女といい。

あたしは、そんなにうまそうか？

女はストローを口から離して、その唇の端を少し緩める。

「じゃ、遠慮なく」

「どーぞ」

どうでもええわ。

店を出てから、女が当たり前のように手を握ってくる。その指先が整いすぎていて、光っているみたいで、眩しくて、変なところで申し訳なくなる。

「あたしの手」

その白妙に包まれている指は、荒れ放題で醜くて見ていて恥ずかしくなる。

「きたないから、触らん方がいいと思う」

よく見たら爪と指の間に、知らん大人の皮がちょっと挟まっている。

びゃーっと皮膚を滑ったもんな。

「確かに、ボロボロだね」

女がまじまじあたしの指を見つめてくる。見んな、と横を向いて呟いている間にその手を引っ張られる。女が歩いていくのに、無気力についていく。どこでもええけど、横になるかせめて座れる場所に行きたいとぼんやり願う。そうして目を閉じて、色んなことを忘れたい。

二度と思い出せんでもええから。

駅のエスカレーターを横切るように移動して女と一緒に立ったのは、構内の小さなドラッグストアの前だった。

「なにここ」

聞いても女は笑うばかりで答えない。女は……わからんけどなんかと、絆創膏を買った。それからまたあたしを連れて移動する。今度向かった先はトイレだった。トイレくらい一人で行けばええのに、と思っても女は手を離してくれない。女は洗面所でなにをするかと思ったらあたしの手を洗い始める。水流とその指で丁寧に、傷口の異物も洗い落とすようにあたしの指を磨いていく。細かい傷に水が染みて、ぴりぴりと電気のように痛んだ。

「なにしてるの」

また聞いて、女はまたなにも言わない。随分と、自分勝手な女やな。

女は熱心に、楽しむようにあたしの手を弄る。

「…………………………」

わからんけど、女の指があたしの指を丁寧になぞると、背中がぞわぞわした。

それが終わると女がハンカチであたしの手の水気を拭きとる。肌触りのいい布だった。そうして拭き取られて血と皮から離れると、あたしの指でも少しはマシに見えた。

女はあたしの指を確認してから、今度は手を取らないでトイレを出る。あたしはすぐには動かないで立ち止まり、鏡を見る。ぼさぼさ髪の貧相な女子高生が映っていた。ろくに切りもしないで伸ばしっぱなしの髪の末端は変色したように茶色い。それを見つめる目つきの陰気なこと。なにがそんなに気に入らんのやろうって思うくらい、目玉の電源が落ちとる。

久しぶりに目が合った気がする、こいつと。

どこに可愛げがあるんや、これ。本気で不思議だった。

トイレから出ると、女はあたしが来るのを信じているように、少し離れた位置の柱の前で立っている。いやトイレの出入り口一つしかないし当たり前の再会なんやけど。

洗った指先を見つめてから、女のもとへ歩き出した。近寄ると、女はすぐあたしの手を取る。移動するためではなく、あたしの手を観察するために。

女が屈むようにして、あたしの手に顔を近づける。

「なんですか、これ」

「女の子にモテたかったらね、こういう細かい気配りが大事なの」

あたしの指を丁寧に拭いた後、傷になにか染みるものを塗ってくる。

「一応消毒」

箱には軟膏って書いてあった。さっき買ったのはこれか。

「モテたいんですか」

「そりゃあもう」

「ふぅん……」

この女の見た目やったら気配りなんてなくても、なんとでもなりそうだった。

そう感じるのは、あたしの人付き合いの浅さだろうか。

消毒の後に、傷口が絆創膏で覆われる。ばんそうこう……貼ったの、初めてかもしれん。

ついた傷なんていつも剝き出しやった。どんな傷と痛みもいつかは埋まるものやった。

今回はその埋まるのが、とても早い。

絆創膏のいっぱい巻かれた指先を見下ろしていると、不意に目が重くなる。

なにかがこぼれ落ちてきそうで、慌てて顔を上げた。

上げた先には治療を済ませた女が、あたしを見ていた。

「あの………あり、がとう」

で、ええんやろうか。礼を言われるようなことされた経験が少なくて、難しい。

女はぎこちないあたしの声に、一瞬目を丸くして。

「ちょっと好きになった？」

「なるかい」

突っぱねられるくらいには、声と元気が戻ってきた。

指を手当てして、次はいよいよどこに連れていかれるやら。少し冷静になってしまったらしく、ちょっとだけ不安になってきた。心臓が意思の沈み方に反して足踏みを強めていく。

やっぱりホテルとかなんやろうか。入ったことないけど、制服で大丈夫なんか？

女はあたしを二階に連れていく。そして駅の改札と正反対の方向へ歩いていく。明るい自動ドアを抜けた先からは、人以外の匂いが押し寄せてくる。鼻に入り込んできたそれのせいで、少し落ち着いたお腹（なか）がまた動き出すのを感じた。

「……………」

「焼き鳥屋さんです」

立ち止まった先にあるのは、堂々と店名の書かれた看板だった。

聞いてもなにも答えんのに、聞かんかったら教えてくれた。

店の入り口からは、ネギの焼けたような匂いが漂っていた。

「希望あるなら他のお店に行くけど。ラーメン屋さんの方がいい？」

向かい側のラーメン屋に目線で促す。つけ麺がどうとか書いてあった。どの店舗を見ても胃が痛くなる。こういうとこに入った経験はほとんどない。だから、その照明の明るさが眩しい。

「なんでもええけど……なんでこんなとこに?」

「なんでって、デートだからだってば」

いこ、とあたしの手をまた引っ張って焼き鳥屋に入っていく。

結局こっちの希望確認しないんかとか、その辺はどうでもよくて。

「こんなとこで裸になれとか言い出すんです?」

「あははは」

一笑に付された。笑われるのも納得するくらい、ばかなことを聞いたと遅れて思った。

恥ずかしくて、流されるまま席に着くまで顔を上げられんかった。

店内は暖色に包まれて、首元にその生暖かさがすり寄ってくるみたいだった。壁が低く、駅の外を行き交う人の姿が眺められる。逆も然りだ。案内されたテーブル席に座って、少し落ち着いてから一つずつ確認していく。客は割と入っているけど、制服姿のやつは見当たらない。

会社帰りと思しき格好の人たちばかりで、女二人という組み合わせも浮いている。

「女子高生とのデート先にしては渋いよねぇ」

メニュー表を開きながら、女の声が弾む。デート……デートって、なんだろう。

経験がないからこういうのなんか、と思わずきょろきょろしてしまう。落ち着かんし、居心地がいいわけでもない。なんでデートなんてするんやろうと不思議な気持ちにしかならない。

なんで。

さっきから、それしか出てこない。

「なんで?」

たくさんの疑問をその一言に纏める。女は「多いねそれ」と楽しそうに指摘してきた。

そりゃ、多くなるやろこんなの。今、あたしは生活や頭の中に一切なかったものに囲まれている。すべてが想像と現実の外からやってきたものだった。この壁も、天井も、匂いも雰囲気も、そしてなにより目の前のこの女も。あたしには理解できん時間が続いていた。

女は全部わかっとるように振る舞うから、余計、気が立つのかもしれない。

「だって……なんや、そのあたしを……」

はっきり言えなくて額の前にぐるぐる黒い紐が回るようだった。

「お腹空いてるときにそんなことしても、楽しくないでしょ」

「……そうなん?」

慣れた調子で言う女に対して、未経験なので首を傾げるしかない。そもそも、楽しいことなのか? いや楽しいんやろうな、とお母さんを思う。愉快さを伴うから、お母さんやあたしにも仮初でも居場所が与えられてきたんだ。そうか、楽しいんか。

でもお母さんはあんま、楽しそうに生きてない。

この女は、あたしを騙そうとしているのかもしれない。

睨んでいると、女はメニュー表を大きく広げてあたしの視界を塞いできた。

「だからまずは食べようよ。なにがいい？」

「…………」

反抗より先に、唾が口の中に滲んでいた。

絆創膏の巻かれた指を見下ろして、また目が重くなる。

深々と座り込んで、すぅっと吐き出した息に魂でも連れていかれそうだった。

「野菜はいらんから、肉いっぱい食べたい」

「りょーかいしました」

女が呼び止めた店員に次々注文するのを、ぼんやり聞いていた。どちらの声も半分も耳に入っていなかった。その間、俯きながらお母さんのことを少し考えて、ここに座っている自分のことを考えて、最後に向かい側に座る女のことを考えていた。

注文したものを待っている間、女はにこにこしながら話しかけてくる。

「電話番号教えてくれる？」

「ないです、電話なんて」

女は冗談か警戒かと思ったのか、「まぁまぁ」と人を崩そうとしてくる。

「ほんとに持ってないから」

まっすぐ前を向いて言い切ると、ようやく嘘じゃないと伝わったらしい。

「すごい子だねぇ」

女は動物園の変わり種でも観賞するような調子だった。

じゃあ、と女が鞄の中から電話を取り出す。

「わたしの電話を預けとくね。好きに使って」

「好きにって……」

差し出されて、考えなしに手に取った電話の縁の温度と共に困惑する。

「何台か持ってる中の一つだから。こういうときのためのやつだもの、気にしないで」

こういうときって、どういうときなんやろう。

液晶画面と見つめ合うと額に汗が浮かびそうだった。

使い方、割と本当にわからん。

「それわたしの番号しか登録してないよ。増やしてもいいけど」

「……いや、増えんと思うけど」

「学校の友達は？」

「友達いるような雰囲気に見えます？」

おったら、こんな怪しい女についていかないで友達に頼ってる。

「その顔なら、男でも女でも好きに引っかけられそうだけどねぇ」

さっきのあたしと似たようなことを言う。でもその顔って言われても困る。

鏡に映ってた不景気な顔を、誰が好きになるのだろう。

なんやかんやと受け取ることになった電話を手の中で回す。人の電話。なんか……なんか使えないのだろうか？　悪い使い方。お金を盗るとか、これで勝手に……わからん、思いつかん。悪だくみも満足にできん。

無知って、可能性を狭めるだけやな。やっぱ賢くないと見えんものがたくさんある。

でもどうやったら賢くなれるんやろ。

学校の勉強にいくら取り組んでも、なにも変わった気がしない。

「ぼーっとしてるけど、疲れてる？」

女はあたしを値踏みでもするようにじろじろ無遠慮に眺めている。

疲れてはいるけど、それより。

「わからんな、って不思議な気持ちになってた」

「わからん？」

「わからん。多分、優しくされたことないから」

だからこの感覚を与えているものの正体に辿り着けない。

足とお尻がふわふわして、肌が痒い。

「こういうのが、優しいってことなんかな」

女が微笑むと、余計にぞわぞわした。

「ご感想は？」

「……気味が悪い」

あたしの知っとる他人とまったく違うから、なに考えとるかわからんくて、多分怖い。

女は悪口を言われたのに、楽しくて仕方がなさそうだった。……アホなんかな？

「無垢で、乾ききってる」

「は？」

「ぞくぞくしちゃう」

「……はぁ？」

楽しそうだった。

しばらくして、女が頼んだ料理が次々にテーブルを埋めていく。注文通り、焼き鳥ばかりが並ぶ。その皿には必ずキャベツが添えられていた。焼けた塩の匂いが香ばしい。

「……本当にお金ないですよ」

手をつける前に一応、念押す。女はにこりとしながら鞄に手を入れて、財布を取り出す。

そして、焼き鳥の皿の隣に次々と万札を置いていく。

それらすべてをすっと、こちらに差し出してきた。

「なに、これ」

「デート代」

見たことも手にしたこともない大金が平然と用意される。人目もはばからない置き方に頭が真っ白になって、それから肌が飛び跳ねるように大騒ぎを起こす。

「これ、全部あなたのもの」

焼き鳥の皿とお札を一緒に、こちらへ気安く押してくる。

おとぎ話の歓迎みたいに並んだものに対して、三半規管でもおかしくなったように景色がぐるぐるした。鳥と塩の焼けた匂いが漂ってくるとそれも少し収まって、頭の冷えた部分が動き出す。

食事を奢(おご)ってもらったうえに、お金まで渡される。

それで、あたしを買う。

これって立派な……なに活やったっけ……みたいなやつなんだって、ようやく実感が迫ってくる。でもこんな大金を平気で出してきて……投げやりやったから金額も確認しとらんし、これが適正なのかもわからない。あたしにとってはいっぱいやけど、人間を買うってこれくらいで多いのか、少ないのか。

女は、多分顔色の変わっとるあたしを見てにやにやしとる。

絶対ヤバい、この女は。

警告が百個くらい浮かんでいる。すべてが赤く点滅して危険を訴えていた。

赤信号が遠くで光っているのが見える。

関わったらろくでもない目に遭うのが見え透いていた。
でも、見たこともないお金だ。
お金がそこにあって、これがあたしので。
逃げたところで、もう道なんて閉ざされていて。
遠くにまだ信号が見える。
信号があるなら、その先に進めるってことでもある。
赤でも、突っ走れば。
お金はとても大事だってわかっていた。
ないから、痛切にわかるのだ。
だから、あたしは。
「返せませんよ」
こっちは財布なんかないので手づかみだ。
万札を握りしめると、心を直接どかどか殴られるような……不愉快な気持ちになった。
あたしなりの常識が異を唱えているのかもしれなかった。
「返してもらうわよ」
女が不敵に言い放つ。
「身体(からだ)で」

「…………………………はい」

「あはっ」と突き抜けるような女の笑顔がいやに印象的だった。

「一回言ってみたかったの」

女はとっても満足そうだ。高そうな財布をさっさとしまって、どうぞと促してくる。

「それよりどんどん食べて。お腹空いてるんでしょ？」

「……はい」

首が縦にかくかく揺れる。握りしめたお金を置く場所に困りながら、ちらちらと女を窺う。

「これ、食べた後は」

「ん？　んー、食べたらもう少しお話ししたいかな。時間大丈夫よね」

「……話すだけ？」

「きみが話してくれるならね」

わからん……この女があたしになにを求めとるのか。

その辺の小動物を餌付けしとる感覚なのか？

人間って余裕がないとただひたすらに落ち込むけど。

余裕があったらあったで、隙間いっぱいで歪んで狂うんだろうか。

「金持ちって、わけわからんな」

あたしの感想に、女は財布をしまいながら頰をほころばせるのだった。

結局お金を握りしめたまま空いた手で串を取り、がぶがぶ肉を嚙む。歯が通る度にその硬質な味わいに感動した。

ちゃんとした食事も何日ぶりなのか。十年くらいなんも食べてなかったような苦痛から解放される。

女は料理には手をつけない。あたしが全部食べていいってことなんだろうか。じゃあ遠慮なくと次の串を取る。部位はわからんけど弾力があって、嚙むと独特の風味が広がる。肉を食っているって感じる生臭ささえ伴う味で最高だった。肉を落とされた胃がぶるぶる震えている。

普段なにを食べて生きとるのか朧気なところに、いきなり鶏肉が来てやっと身体の輪郭がはっきりしてきたように思う。ぼんやりしとった頭も顎を動かしたからかはっきりしてきて、やっぱり食べるのって大事なんやなと痛感した。

あたしが三本目の串を空にしたのを見計らったように、女は箸の代わりに電話を手にする。

「登録名変えとこっと。きみの名前は？」

「なまえ……」

会ったばかりの女子高生を買おうとする女に、どう名乗ればいいのか悩む。

名乗っていいのかさえ少し迷う。俯いて、絆創膏の貼られた手が目に入る。

……優しさって、卑怯なんかな。

「……海」

「うみ？　ウミちゃんね」

結局、本当の名前を教えてしまう。他の名前で呼ばれても反応できないと思うし。

下の名前くらいならいいやろ、別に。そもそも全部知られたって、なにが困るのだろう。

他人に隠したいものが、あたしにはあまりに少ない。

「そっちは？」

「あたしはねー、陸中地生」

「……なんて呼べばいいんです？」

どうせ本当の名前じゃないんだろうなと感じながら聞いてみる。

「チキ、でお願いできる？」

チキ……なんかおいしそうだと思った。どこから来たと考えてテーブル上の料理を一瞥して、
ちょっと笑った。

「チキさん」

試しに呼んでみたら女、チキさんは満足するように目を細めた。

あたしはへっ、とどこから生まれたのかわからん乾いた笑いをこぼしながら、次の焼き鳥の
串を摑んだ。

なんの気まぐれかわからんけど、今日生きられるならそれでいい。

明日にはみんな夢みたいに消えるやろうから。

……少なくともそのときは、次なんて考えたこともなかった。
それが半年以上続いて、あたしの方がより深くその関係に沈むことになるなんて、思いもしんかった。

チキさんには夢がある。
お金と余裕と美しさがあれば、こんなこともできるんやって。
あたしは今のままの流れでなんとなく一生を終えるなんて、絶対ごめんだ。
良い暮らしがしたい。
良いと思える時間を送りたい。
だから。

だから、何をやっとるんやろう、あたしは。
勉強もしないで、涼しい部屋で、汗かいとる。
それが一息つくと、反省でもするみたいに後ろめたいものが次々に湧いてくる。
……犯罪だ。

色んな意味で罪を犯している。

でも一緒に寝っ転がってるチキさんは笑っとる。曇り一つなく。

怖くないんやろうか。あたしが裏切ったら、ぜんぶ終わるかもしれへんのに。

それくらいじゃ潰れないくらいすごい人なのかもしれないし、あたしにそんなことできるわけないって思ってるのかもしれん。チキさんは優しいことしか知らんくて、なに考えとるのかはわからん。

この人のこと、なんにも知らん。

ベッドシーツの肌触りのよさが眠気をくすぐってくる。露出した肩には冷房の空気が心地いい。地元で生きていると感じる機会の一切ないものに囲われて、身体からいつ根っこが生えてしまってもおかしくない。気を抜くと、ここからどこにも行けなくなりそうだった。

アホみたいに広い部屋だった。椅子が三つも四つも五つもあるし、寝室の向かい側には負けないくらい広いもう一つの空間がある。そこのソファは誰がそんなに座るんやろと思うくらい横に長い。二人用の部屋に必要ないものばかりだ。

お風呂は泳ぎたいという希望でもあったように広々としているし、シャワールームが別になんでか二つもある。トイレは両腕広げても壁に届かん。カーテンの向こうの夜景は星を集めたような輝きが無数の塔を形作っている。

『そういうとこ』やなくて、あたしにとって場違いにもほどがある高級ホテル。チキさんは

『胸を張って』と優しく諭して、あたしの手を引いてここに来て……あとはいつも通りやった。

チキさんと出かける先はいつも、こんな感じのホテルだ。

その先であたしがなにかを支払ったことは一度もない。払えるわけがないのだ。別世界すぎて通貨だって別のもの使っとるんやないかなとか思うくらい、背伸びしとる。

今なんかめっちゃ高い場所にいるんやなーと考えて、ぼーっとしてしまう。

「つーん」

チキさんがちょっかいをかけてくる。

「……起きてますから」

どこをつーんとしたかは割愛。眠気が目の下に化粧しかけていた。

隣のチキさんを見る。枕の下に右手を入れて、うつ伏せに寝ている。

左手は、あたしの頬を優しく磨いている。

「…………………………」

最初に会った時のチキさんは、白いスカートを穿いとった。上はブラウン系のブラウス……やった気がする。あたしは俯いて歩いとるからか、人のことは下半身の方がよう覚えとる気がする。足元は歩きやすそうなサンダルで、会った場所は地元の駅前。

でもその後に顔を上げたら、スカートなんかより忘れられんものがあった。

耳にかかったセミロングの髪は染めてるのかわからん淡い栗色で、唇はあたしみたいにかさついてなくて、肌は傷見当たらんし、目もとはあたしみたいに暗くなく、どこも輝き、柔和で、微笑(ほほえ)みが似合い、白亜みたいな歯やし、どこに触っても自分は指先が光に呑(の)まれるんじゃないかって思うくらいやった。

花屋の店先を横目で覗(のぞ)いたような、そんな気分にさせる。

つい目が留まるというか、注目してしまうような。

早い話、美人。

その美人は今、スカートもサンダルもブラウスも身に着けていない。

こんな綺麗(きれい)な人の裸が、当たり前に目の前にある。

意識すると頭が割れそうに痛い。

チキさんと知り合って、半年とちょっと。慣れるものは多くない。

ちなみにあの日の後のお母さんは、『二発貰(もら)ったけどなんとか逃げてきたわぁ』と大荷物を抱えて合流してきた。なんか知らんけど少し得意げだった。変なところで丈夫というか図太いのが、お母さんの生きる秘訣(ひけつ)なのかもしれん。

「疲れてる?」

あたしは多分、眠そうな顔でもしとるんやろう。

「そりゃ、疲れるでしょう」

「そうだよねぇ」

つい先ほどまでの様子を思い返したように、チキさんが意味ありげに笑う。

耳と頬に切り傷でもできたように、鋭い痛みが走る。痛みの正体は過剰な熱だった。

チキさんと会うときに勉強道具は必ず用意してくるけど、使うかは半々だった。

おおよそ半分の確率でチキさんに沈められる。

「人に触れるのって緊張するから」

普段生きていると、誰かに触ることって思った以上に少ない。

それも、触る場所が場所だけに、と指先が痺れそうになる。

「チキさんは慣れとるから、平気なんでしょうけど」

意識していないのに、言葉が尖る。思わず口を押さえそうになる。

気づかないでほしい。こんなこと、絶対に。

「わたしもね、ウミちゃんが思ってる以上にどきどきしてるんだよ」

目を細めたチキさんの両手が、あたしの肩に触れる。

「いつもすれ違ってる女子高生の制服に隠れた胸、友達と仲睦まじく語る唇、スカートで隠れた足の奥……ああ、そういうものがここにあるんだよって……触ってますよって……」

その艶めいた語り口よりも、引っかかって。

引っかかってしまう。

「あたしはっチキさんとすれ違ってる女子高生じゃ、ないです」

　起き上がりそうになるくらいの勢いが途中で萎む。チキさんは最初、あたしの様子に目を丸くして、そのまま永遠に理解してほしくないと願って、でもあっという間に笑う。

大喜びなのか、口の開きがいつもより大きい気さえした。

「あ、やきもち？　今のやきもち？」

「べつに」

「ふっふっふ、わたしに嘘はつけないよ」

　確かめるように手を繋いでくる。チキさんの指に搦めとられると、言葉まで失いそうになる。

「この体温は、大分高ぶってるね」

「それは、チキさんが……」

　逃げる先が正面のあたしを追い詰めている相手しかない。そういうのは逃げると言わない。

「わたしが？」

　負ける要素の一切ないチキさんは余裕そのものだ。一方、あたしはこれがいつまで続くのかとちょっと泣きそうだ。

「チキさんの手が熱いから、やと思うんですけど」

　理由になっていない。

「それもある」

　チキさんはあっさり認める。え、なにを？

「わたし今楽しいもの、とっても」

そんなん言われんでも伝わる、と思うくらい濃厚な笑顔だった。

「でもこんなに熱いのにあったかいのが分かるくらい、ウミちゃんも熱い」

かりかりと、あたしの親指の爪を軽く引っかいてくる。

えぇと……で……なんやった？

あたしが今恥ずかしいのはわかるけど、なんやった……ああ、やきもちがどうとか、なんかそんな話やったな。妬くかそんなもん、と眼前の相手を睨む。睨む。睨む。

……なんも起きんし、なんも事態が好転せん。

「だって、女子高生なら誰でも……いいです、もう」

ただあたしに触っとるとき他の知らん女のこと考えてたら……なんか……キモいって思っただけだ。言えば言うだけみっともなくなりそうだった。でもチキさんは面白がって、逃がしてくれない。

「ウミちゃんと出会ってからは他の子と付き合ってないよ？」

そんな言葉で安易に飛び上がりかけた胸の内を、殴って叩きつけたくなる。

こんな話、続けない方がいい。

「出会う前は、他にいたってことでしょ……」

言うなよ、ばか。黙ってれば話題が変わるかもしれへんのに、なんなんだあたし。

「それはまぁ」

あはは、とチキさんは悪びれない。当たり前だ、会う前なんてあたし関係ないし。

関係あっても悪いかどうかわからんし。

ちゃんと付き合っとるとは言い難いから、あたしになんの権利があるのかも……わからん。

「こんな遊び、今までに何人とやってきたんですか」

自分の知らないあたしが呆れたように探りを入れる。

しかもそれは見せかけだ。

嘘だ。本当は人数なんて聞きたくもない。

あたしはもっと遠回りに期待してしまっている。自分の言葉の選び方に呆れる。

これでチキさんがいい加減に正直に答えてくれたらいいのに。

チキさんが、すべてを見透かした意地悪をこぼす。

あたしの頬を撫でて。

「ウミちゃんとは遊びじゃないって言ってほしいんだ？」

「帰ります」

頭の中が真っ白になってそうとしか言えなかった。消えたかった、今すぐに。

チキさんが慌てたように、跳ね上がったあたしの肩を掴んでくる。

「もう電車ないよ」

「歩いて帰るっ」

「謝るから。ごめん。あとまだ裸」

みじめな意地を張って暴れようとするあたしを軽くいなして、チキさんが覆いかぶさってくる。そのまま飛び込むような勢いでキスしてきた。お互いの額と左目がぶつかる。その痛みに目を白黒させている間に、チキさんが慣れた動きで顔の位置を整えてより深くあたしに潜ってくる。舌が口を通って耳まで塞ぐように、音を捕まえられなくなる。

手首も唇も押さえつけられて、チキさんに埋めつくされる。匂い、感触、味。

身体(からだ)のどこに力を入れたらいいのかわからなくて、混乱と共に洪水のようにやってくるのは、あたしの血が巡る音だ。生きようとして、感じようとして、躍動し続けている。

あたしとチキさんはずっとそのまま重なる。

重なる。

かさな死ぬ死ぬ死ぬ、とチキさんの背中を叩(たた)くとようやく離れてくれた。長々とかき回してきた舌が泡を伴ってあたしを解放した。人の舌なんて意識して確認したことがないから、チキさんのそれが長いのかどうかもわからない。そもそも頭が回らない。

具体的な文句を言う分の酸素も足りなかった。

「ながい、」

「酸欠になったら大人しくなってくれるかなって」

同じく顔を赤くしたチキさんが、肩を弾ませながらも穏やかな笑みを崩さない。もう抗う気力も根こそぎ刈られて、二人でベッドに横たわる。少し下を見るとチキさんの隠しもしていない胸が見えて、凝視しかけて、すぐに目を逸らし、結局その顔と向き合うしかなかった。

チキさんはあたしが帰るのを防ぐためか、ずっと手を握っている。

「……眠いから、帰るのは明日の朝にします」

勉強も今日はしないんやろうな、と他人事みたいに悟る。

このままどんどんチキさんに侵されて、勉強なんてしらーんってバカになっていったらどうしたらええんやろ。自分が大事にしようとしていたものが、全部どうでもよくなる。それは侵略だ。チキさんは侵略者。わかってて、招き入れてる。

あたしは裏切り者だ。

なにを裏切っているのかは思いつかない。

口を閉じると、他人の唾の味がした。

ぞわぞわする。

どっちも落ち着いてから、チキさんがあたしの腰を抱き寄せる。

チキさんの手のひらは、穏やかに熱い。

「ごめんね。泣かないで」

「いつ泣いたんですか」

怖くなって目もとを確認したけど、さすがに涙は浮かんでいなかった。

ついでに汗で張り付いた前髪を掻き上げる。

「遊びじゃないよ。本当に好き」

「……今までの子みんなにそう言ってきたんでしょ」

「うわぜんぜん信用されてない」

チキさんが白々しく驚く。その整った鼻先を突っつきたくなる。

「信用してるとこと、してないとこがあります」

多分それはあたしがチキさんに感じるものは信じて、チキさんからあたしに来ているものは信じていないというごく単純な分け方だった。あたしは誰かを信用するのが難しい人間なのかもしれん。自分が信用されるようなやつじゃないと自覚しているから、他人の言葉を嘘としか受け取れないのだろう。それはとても損をしているのかもしれないけれど、性分ってものだから、簡単には変えられない。

「ふむ、そうだねぇ……」

チキさんがきっと真面目そうにろくでもないことを考えている。

その予想は果たして現実だった。

「おっぱい好きに触っていいよ」

にかっとしてきた。歯が眩しい。

「……なに考えとるんですか」

「嫌いな人には触らせないでしょ？」

そりゃそうかもしれんけど。なんていうか、この人やっぱちょっとズレとる。

「今日はもういいです」

「堪能しちゃったかー」

微笑むチキさんの頬までちょっと赤くなるのを見て、こっちは多分その倍くらい赤みが差す。

「そういう、好きじゃなくて……」

「どういうの？」

「そういうのって証明とかじゃなくて、自然とそう感じんとなんか……変っていうか」

あらゆる経験の不足したあたしには、それを整然と説明することは不可能だった。漠然と、まだ誰も引いていない輪郭線を必死になぞろうとして失敗する。

チキさんは色々、まさに色んな意味の色々な経験を糧にしてそうなのに、あたしの言い分はさっぱり思い当たらないようだった。珍しく、唇が気難しそうに曲がっている。唸り声も低く、「んー」だの「んー？」だの、疑問に声の端が斜めを向いている。

「ウミちゃんの欲しい好きは、難しいね」

「…………」

あたしの求めてるもの。自分にもわからん。

そもそもそんなもの、欲しいんだろうか。

あたしは、別に……なにかっこうつけてんだ、あたし。

心の内で誰に言い訳して、うそぶいて、わかんないふりしてるんだ。

悔しいけど、欲しいに決まっていた。

「本当に好きなんだけどなぁ。心を形にする方法、なかなか見つからないね」

チキさんが自嘲を含むように苦笑する。難しいことを言われても、あたしにはついていけん。

「わたし、どの辺が信用ない？」

「どの辺とかじゃなくて……チキさんみたいな人に好かれるのが、信じられんから」

「そんなことないよ。ウミちゃんかわいいから、まず見た目だけでも十分あり得るし」

打って変わって声が強い。鼻の先を吐息が掠めてきて、肩の上あたりがぞわぞわした。

「というか、最初は見た目だけで選んだし。当たり前だよね、他になにも知らないから」

愛おしそうに、あたしの頬を指で軽く叩いてくる。チキさんの評価で嘘がないと感じるのは、容姿の褒め方と、女子高生を愛しているということの二つだった。

「……今は、顔以外にその……好きなとこあるんですか」

胎児みたいに背を丸めながら、相手の顔を見ないで尋ねる。

「そういうのを聞かずにはいられないところ」

かわいい、と耳と髪を撫でてくる。

はぐらかされたようにしか思えなかった。

チキさんは良い人やし、美人やし、いい匂いするし、頭いいし、優しいし、面倒見いいし、一緒にいると落ち着くし、美人。そこまで美点が並ぶと嘘くさくなって当然で、だからあたしはいつも不安になる。そんな人が自分に本当に向き合うわけがないって、答えを出してしまう。

弄ぶのを楽しんでいるだけだ。

そう思っておかないと、歯止めが利かなくなりそうで。

お金貰って……えぇと……そんなまぁ嫌じゃないこととして、涼しい部屋でめいっぱい寝られる。奇跡のような幸運が降って湧いている今に、それ以上を求めること自体が間違っているのかもしれん。お互いの心と無縁に、与えられるものを交換し合う。

それでいいと始めたことなのに、なんだろう、日々感じる焦りに似た気持ちは。

いっそお金のやり取りがなくなれば、少しは心なんてものを感じられるのだろうか。

でも金はいらんと言えない。

お金はお金で、あたしを安心させる。

いつかのときに、お金だけでも残ればって思うし。

「…………………………」

こっちがお金を貢いでるわけでもないのになんで、捨てられることを怖がってるんやろ。

バカみたいだ。

大体この人、女子高生が好きってことは女子高生じゃなくなったら捨てるやろ、多分。

終わりは見えていて、決して遠くない。

だから。

……だからって、いつからか口癖みたいに繰り返すようになって。

それで、なんだって感じがずっと続いている。

「……また、会ってください」

救いようのないアホみたいな、あたしの本音だった。

あたしはお金やなくて、心をチキさんに貢いでしまっとる。

その感情に名前をつけないのが、あたしの最後の意地かもしれない。

「こっちこそ」

チキさんがあたしを抱きしめる。最高の香りの津波に襲われたように、チキさんの匂いと柔らかさと今日はもうええと強がった胸の感触とその他諸々があたしを呑み込む。

チキさんといると頭の中ぐちゃぐちゃで、泣きそうになる。

その度に誰が泣くかって堪えるけど、それもいつまで保てるか。

会う度に、心に花畑が広がっていく。あたしはその花を踏んだら、色んな感情が弾けてきっと泣いてしまう。でも、もう足場がないくらいに埋めつくされて、身動きが取れない。

取れないのに、あたしの手を優しく握ってくる人がいる。

どこかへ連れていこうといつだって引っ張ってくる。

怖いくらい、チキさんはあたしを幸せにしてしまうのだ。


チキさんと別れるとき、次にいつ会うか約束したことはない。

じゃあねとさよならだけのお別れだ。

だから次があるかもわからんって毎回思う。

「…………………………」

本当はしたいんだ、と自分を客観的に、冷めて見ているあたしがいた。

繋(つな)がり。

今のあたしが欲しがっているもの。

もしくは、見えるようになりたいもの。

あたしにはそれがあったとしても、知らんからわからん。知らんから、見えん。

チキさんも遠ければ、自分のことだって、よくわからない。

「あら海(うみ)ちゃん、朝帰りとはやるね」

「……ども」

アパートの前で丁度出てきた星(ほし)さんのお母さんと出くわした。髪をしっかり結っているから、アパートの中で見る姿と印象が大分異なる。うちのお母さんの友達らしいけど、しゃっきりはきはきしていて反りが合うようには思えない。髪の色は星さんと違って真っ黒だった。

「タカソラとは上手くやっていけそう？」

最初、なんの話やろと思ってしまう。でもすぐにそれが名前だと気づいた。

「はぁ、ええ。一応」

上手くやっていかないといけない相手なのだろうか。どうせ、と過去を思い返して呟きかける。でも今回は、少し違う気もする。お母さんの知り合いっていうのもあるし、こうやって話しかけてくるし。あたしは蹴飛ばされず、無視されず、ここにいる。

「上手くなくてもいいけど、喧嘩はあんましないでね。うるさいから」

はっはっはと笑って星さんのお母さんが去っていく。と思ったら、急に振り向いた。

「合鍵はいつもの場所ね。使ったら戻しといてよ」

「はい」

色んな意味で緩いから助かっている。生活費はちゃんと取っているけど。

「あと、お母さんはあまり心配させないようにね」

「はぁ」

そんな感情、あたしのお母さんにあるんだろうか。

なんていうかあらゆる意味で、ふわふわだし。

星さん。あたしは名前聞いたとき勘違いしたんやけど、『ほしたか』『そら』じゃなくて『ほし』『たかそら』らしい。星さん高空さん。タカソラって日本語以外にも聞こえる、不思議な響きだ。

その星さんはまだ寝ていた。暑かったのかタオルケットを蹴飛ばして、敷き布団の端に丸まるようにしている。側にしゃがんで、壁側に突き出しているお尻をぼんやり眺める。

「……違うもんやな」

チキさんのを見るときと、感じるものがまるで別だった。というか、これは見てもなんとも思わん。ただのお尻。すぐに興味を失って、部屋の隅に座り込む。壁に背を預けて、上を向きながら、自分の呼吸だけを感じた。

駅からの移動だけでもわりかし疲れる。帰りは特に、その後になにか輝くものが控えているわけでもないから。旅行の帰りってこんな気分なんだろうか。

ぼーっとしている間、考えるのはやっぱりチキさんのことだった。

チキさんから学んだことは多い。

たとえば、あたしは案外周りの目を気にして生きているとか。

たとえば、優しくされると心は脆く透明になっていくとか。

たとえば、誰かに好きって言われると次の日でもその声を何度でも思い出してしまうとか。

他にも色々あるんやけど、大半は口に出すのをはばかられるような内容だった。ただそれはどれもこれも相手がチキさんだから特別そうなっているだけかもしれん、とは思う。美術品、詳しくはないけど誰が見ても綺麗やなって感じるように、本当に美しいものには純粋に心惹かれる。チキさんはそういう相手かもしれんかった。

あたしが星さんを見ていても、大してなんも感じんように。

髪の色が少し派手に明るくて、動いてるとこ見ると夕日の波が揺らめいているみたいだ。それが綺麗に見えるときがある。染めてるにしては大分自然な色合いに思えるけど、星さんのお母さんはそんな色じゃないし。お父さんか？　そういえばお父さんいないんだろうか、ここ。

それなら、あたしとおんなじか。

外人なんかな、星さんのお父さん。

色々ありそうだけど、まぁ、あたしには関係のないことだった。

星さんが割といい人で、それこそお母さんが言ったように上手くやっていけるなら、それ以上の情報や関係は必要なかった。

登校時間まで、考えたり、寝たり、微睡む時間を過ごした。

で、制服に着替える。チキさんはこの制服というものも大層好むそうだ。

ただの服なのに、と袖を摘みながら思った。

「……あ、そうだ」

チキさんから貰ったお金を他と同じ場所に隠す。この部屋の掃除を星さんが担当したらこれを見つけるかもしれないので、上手く名乗り出て良かったと思う。まぁ、星さんが人のお金を盗るような人とはあんま思えんけど、お金の出所は問い詰められるかもしれない。

いや、あたしに大して関心なんてないから気にしないかも。それが一番助かる。

そうやとええな、と楽観してから、時刻を確認する。一応、起こした方がええか。

「そろそろ出んと遅刻するけど」

星さんの肩を揺する。星さんは「んぇ？」と動物みたいな鳴き声をあげて重そうな瞼を上げる。寝ぼけ眼もそのままに、「遅刻」という言葉に反応したのか、「やば」と頭を派手に掻きながら布団の上でのたうつ。どうも足は外に行こうとして、腕は鞄を掴もうとして混線した結果、フランスパンの模様みたいに少しねじれたらしい。器用なやつやな、と一瞥した後に先に部屋を出た。道は覚えたし、一緒に行かんでもよくなった。

ここでやることもないしさっさと行くか、と玄関を向くと部屋から星さんが出てくる。やや前屈みで、寝ぼけてしょぼくれた目もそのままに鼻を鳴らして歩いてくる。なんやこいつ、と眺めているとこっちに鼻を近づけてきた。肘のあたりを嗅いでくるので、思わず腕を引っ込めると。

「やっぱり、花の匂い」

「ああ……まぁそういうこともあるんやない」

どういうことや。

気が動転して、淡々と会話が成立していない。花の匂いなんて考えるまでもない、チキさんから移ったものや。星さんは匂いをすんすん確かめた後、「やば」とまた呟いて洗面所に走っていく。それを棒立ちで見送ってから、「やば」と真似した。

良い匂いやからっていつもそのまま気にしないでいたけど、同居人がおるとやばいんか。香水の香りなら毎日しないのはなんでとか聞かれても困るしな。こんなことで悩むのも面倒だから、頭から花が咲いてるんだとかそんな言い訳で通りたい。でも世界は厳しい。

居間のお母さんはいつもどおり朝起きる様子もない。静かに寝とって、でもこの人が穏やかな朝を迎えていることに安堵というか……なんやろ。ふつふつと湧くものを、言語化できない。

暗くなく、穏やかな朝日の光のようではあった。

「行ってくるわ」

後頭部に挨拶して、さっさとアパートを出た。この香りどうしようなぁって考えながら。

大きな住宅が影を作る、狭い道。自動車を修理する場所、売る場所、それから二階建ての小さなフランス料理屋の前を過ぎて通りまで出たところで、制服に着替えた星さんが後を追うように走ってきた。立ち止まるまでもなく隣に並んでくる。地面に足でも刺すように急停止した星さんが、大きく息を吐く。

「いや慌てて出たから、私も急がないとマズいのかなと」

「ああ、そうかもね」

慌てたのは別の理由なんやけど。

なんとなくそのまま並んで歩く。星さんはろくに手も入れる余裕がなかったからか、歩きながら髪を弄り続けている。

髪、と自前のやつを摘む。前はもっとぼさついてたけど、チキさんから貰った甘い香りのする油を毎日ぺたぺたしてたら大分改善された。髪の先端が縮れたようになっていたのもすっきりした。そのことを聞いたチキさんは、なんか知らんけどすごく嬉しそうだった。

あたしの髪をよく撫でてくるから、手触りがよくなってご機嫌なのかもしれん。そう気づいてから、髪の手入れは少しするようになった。他にも手を加えて凝ろうとしかけたところで、はっとなって手を引いた。だってそんなことしているのはまるで、チキさんに気に入られたいみたいだって思ったから。少なくとも数ヶ月前、その頃はそう感じて反発して止めたのだ。

そのたった数ヶ月で、全身の細胞も頭の中身も丸ごと入れ替わるのだと知らないで。

歩道橋を越えると、同じ学校に向かう女生徒がちらほら見えてくる。大体は集団を作ってお喋りに興じながら歩いている。喋りはしないけど、あたしも集団……ちょっと人数少ないか。複数を作っている。なんか日本語おかしい気もせんでもないけど、まぁ、どうでもええか。

チキさんがどこに住んでるのかも知らんけど、すれ違う女子高生に何気なく目をやりながら邪な想像をしているのだろうか。あの人、美人やなかったら色々許されん気がする。いや美人でも許されんのやけど。

すれ違う女子高生は、美人のおねえさんがそんな目で見ているなんて想像もできんのやろうなって思う。よくはないけど、あたしはそれを知っとる。チキさんみたいな綺麗な女の人の、あれもこれもそれも知っているということに時々優越感を覚える。誰に対する優越なんやろう？　それに、知っとるのはあたしだけじゃない。チキさんがこれまで買ってきた女も同じで、それを想像すると自分の中で消化しきれない不愉快さと憤りが芽生える。こういうのをなんて言うか、知っとるけど口にはしたくない。

認めたら、残り少ない昔の自分が全部消えてしまいそうで。

「…………………………」

たとえばチキさんが今、隣の星さんに心変わりなんてしたらあたしはこの子が許せんようになるんだろうか。敵にしか見えんくなるんだろうか。

「え、なに？」

じっと見つめていたからか、星さんが髪を弄る手を止めて、やや引きつったように笑う。

「なんでもない」と目をすぐに逸らして、想像を、呑み込む。

今はただのいい人で、友達かもって、感じているだけなのに。

人って怖いな、と思う。

心って怖いわ、と思った。

「これは、水池だね」

急に声をかけられてびくっとした。しかも指摘された内容に、更に驚く。

まだ走ってもいない心臓が、早くも主張を強めた。

体育は他クラスと合同で、今日は曇り空の下を走らされているのだけどその女子集団に知り合いの顔があって、つい、ぼーっと目で追ってしまっていた。グラウンドをいつも通りの淡泊な表情で、速くも遅くもなく平坦に走り続けている。並走するやつもいないし、なんなら前後とも少し間隔が空いているように見えるのは印象からの偏見だろうか。

で、それを校庭の隅で座って見ていたら指摘されたというのが、今のどっきり。

友達のA子とB美とC名だ。冗談だけど英子と椎名だから大体合っている。Bはまったく違うのだけど、三人でいつも一緒にいるからB。佐藤なのでB要素がないのは難点か。

などとどうでもいいあだ名を勝手につけながら、少し落ち着く。

なんて言おうか、前を向いたまま手汗と一緒にじとっと考える。

「ああ、あれ水池って言うの」

声が頬の内側で空回りする。

隣で人の視線を勝手に確認して、しかも正解した椎名が「あれ?」と不思議そうにしている。

「知らない?」

「ああ、うん。クラス違うし……」

違うし、の続きを探して言葉の先端が陸に上がった魚くらいびくびく切実に跳ねている。

んー。

んんー。

んー。

……よし。

「背の割に胸デカいと思って見てた」

ごまかしとしては下だと分かってはいるけど、冷や汗の滲む中で考えつくのはこれが限界だった。そもそもごまかす必要があるのかも分かっていない。いやでも、一緒に住んでいるって話したら妙な顔はされそうだ。

「確かに」

英子があっさりと納得して、「なにデカいの好きなの？」と誤解を招きそうなことを聞いてくる。ついでのように自分の胸元を張って主張してくるけど、こいつは私と大差ない。

「ウリやってる子じゃん」

佐藤が大したことでもなさそうに言うので、思わず急に頭をそちらに振ってしまう。

私たち全員の視線が集ったためか、少し気圧されたように佐藤が付け足す。

「そういう噂を聞きました」

「あー、聞いたことあるわ」

英子も同意して、「ほぅほぅ」とじろじろ無遠慮に、遠くの水池さんを観察している。水池さんはそんな視線には恐らく気づかず、どうでもいいように淡々と足を動かしている。

噂というか……薄々そうじゃないかとは感じていたけど、いざ同級生の噂にまで出ると重さが一気に増す。あくまでも噂に過ぎないのに裏付けを取ってしまったみたいで、あー、ってなる。

「噂はそこまで知らないけど、夜中に駅にいるのは見たことあるね」

椎名からも水池さんの情報が提供される。へぇって、興味ないように装う。

「あんたはなんでいたのさ」

「わたしはバイトだ」

英子に言われて、椎名が若干ムッとしたように説明する。一緒にするなと言いたげだ。

「後は家がないとか、貧乏で苛められてたとか、そんな話はちょこちょこ聞くかなー」

佐藤の無責任な噂話は概ね正しかった。小学校あたりから水池さんと同じ子もいるだろうし、そのあたりが情報源になっていれば不自然ではなかった。今は私の家にいるぜ、なんてここで明かしたらどんな顔をされてしまうだろう。少なくとも、私の側からはさりげなく離れそうだ。

友達と言っても、傷つけあわない程度の距離で声をかけあっているくらいなのだ。

「ま、あれ見た目いいからね。そういうやつは色々言われる」

椎名が言って、英子が「ほう」と笑い。

「つまりさぁ、なんの噂もないあたしたちさー」

「ははは」

色々と、笑って有耶無耶にした。

いや私はたまに噂されるけどね、主に髪とか。

でもやっぱり、他の人から見ても顔がいいんだよなー、あいつ。

私たちの走る番が来て、嫌々そうにみんなが立ち上がっては移動していく。英子と佐藤はすぐに動いて、椎名だけが隣に残っていた。そして内緒話でもするように、耳に口元を寄せてくる。

「水池と登校してるの見たけど」

細長い針がこめかみを痛みなく貫通して、反対側から飛び出た。

少し硬い、男性的な喋り方の椎名に目をやって、素直にこそこそ答える。

「しました」

「訳あり？」

「そこそこ」

「そうか」

椎名はそれだけ確認して離れていく。人間関係と口がほどほど堅いことで、自然と気遣いを生むいい友人だった。そうだよな、と今更迂闊を感じる。学校の前まで一緒に来ていたら、見られるのなんて当たり前だ。水池さんの評判を知らなかったとはいえ、あまりに、雑。

学校は怖い場所だ。

「おーい、あんたも走るんだよ」

椎名に呼ばれて、慌てて立ち上がる。お尻の砂を払って、友達に追いつこうと少し速足で向かう。その途中、集団から距離を置いて、一人黙々と歩く水池さんとすれ違う。

こんなところでなにか言う仲でもなく、それだけだ。

ヤバいの地盤が固まってきたなら余計に、不用意に声なんてかけられない。

でも少し歩いて、一度振り向く。

そこにほんの少量、得体のしれない期待があったことは否定できない。でも水池さんは振り向いていなくて、すぐに前へ向き直った。糸くずを後ろに放り投げたような気分で、届きも繋がりもしないことにがぁっと体温が上がるのを感じながら、足の動きを早める。

できるだけ恥は覚えないように、顔と肩を固くして歩き続けた。

学校外だからと注意も配っていなかったけど、した方がいいんだろうか。

放課後に鞄に教科書を放り込みながら、授業中から引き続いて黙々考える。

水池さんの噂はなかなかどうして問題を含んだものであり、その隣にこのように派手な髪の女がくっつくと、如何様にも噂話が広がっていきそうではないか。我が身可愛さを優先するのなら、登校の時間をズラす必要もあると思う。そこまで含めていくと、めんどくさいなって感情が勝ってくる。仮にバレて酷くなっても、失うものは友達だから……いや結構大きいか。かといって、水池さんとこうこうこうで話し合う過程を考えると、あーめんどくさってなる。水池さんになにか言ったら、じゃあ離れるわって本当に完全に疎遠になりそうで。いや疎遠になったら……なったら、なにさ。

「もう……なんだよ私は」

はっきりとしない感覚がいつまでも途切れない。

あいつと出会ってから、その感覚に引っ張られて、翻弄されて、忙しない。

出会わなければ平穏に、なにもなく高校を出て……どうしよう。

町から出ていきたい、遠くに行ってみたいという漠然とした願いはあるけれど、それは普通に生きていれば意識せずとも叶うものなのだろうか。そして、出ていってどうするのか。

想像の外にある未来を上手く覗けないまま、いつものように、家へ帰ってくる。

今はまだどこにも行けない自分を実感しながら。

「あ、おかえり」

「……ただいま」

玄関を掃除している水池さんとさっそく鉢合わせた。回避しようがない。

しゃがんで雑巾を丹念に動かしている水池さんを、じっと見下ろす。噂の根元を見つけようとその頭部を見つめても、髪のかかった首筋が綺麗だなとか、そんなことしかわっかんね。

わっかんねわっかんねーと思考放棄しながら靴を脱ぐ。掃除中に悪いけど、揃えて靴を置く。水池さんは増えた私の靴を気にすることもなく、そのまま黙々と続けていた。

掃除はありがたいけど、慣れると水池さんがいなくなった後が辛くなるかもしれない。

一ヶ月くらい住んだら追い出されるって言ってたけど、今回はどうなんだろう。

母親同士が友達だし、生活費も出していて、なにより私は……水池さんがそんなに、邪魔でもなくなってきていて。そうなると追い出す理由が積極的にはないわけで、じゃあ一ヶ月どころかこれからもこの家に居座ることになってしまう。一ヶ月どころかずっと……ずっと？

信じられない状況になってきていた。

居間では白いカーテンみたいな人影がもぞもぞ床を動いていた。水池さん母だった。玄関の娘と同じく雑巾を手にして床掃除に励んでいるようだった。今まで手伝う素振りも見せなかったのにどういう心境の変化だろう。薄そうなお尻がこっちを向いて揺れている。

そのままじりじり後退してきて、足の裏が私に当たったところでこちらに気づいたらしい。

「おかえりなさい」

「はぁ」

あまり話していないから、声と喋り方の距離感を測りかねる。

「お母さんも掃除くらいは手伝った方がええよって言われちゃった」

「それは、どうも？」

水池母が立ち上がる。立つだけで若干よろめくような繊細な動きだった。

「タカソラちゃんのそれ、染めてないいんだぁ」

親し気な調子で髪を見つめてくる。

「ああ、はい。まぁ」

「お父さん似かな？」

「多分」

母親の頭は真っ黒だし。ちなみに父親の顔は頭の中でほとんど再現できない。

何歳までかは忘れたけど朧気に、ちょっとした様子を写真みたいに記憶しているだけだった。いくら思い出そうとしてもその景色は動き出そうとしない。ただ、髪の色は確かに今の私に近かったと思う。高い場所にある父の、金糸のような髪を見上げるのを覚えていた。

「高校生のときのなっちゃんも凄い髪の色だったけど、いい勝負ねぇ」

「なっちゃん……」

ああ、私の母親ね。

「でもまさかなっちゃんもこっちに来てるとは思わなかったわぁ」

「うん。わたしもなっちゃんも地元はちょっと離れてるからね」

「こっち？」

「へぇ……」

知らなかった。私は引っ越したことがないはずだから、生まれる前には移り住んでいたのか。会話が途切れて、微妙な空気が漂う。でも微妙だと感じているのはこっちだけなのか、水池母は穏やかに笑っているだけだ。空気とか気にしない方なのかもしれない、うちの母みたいに。

「それじゃ」と小さく頭を下げて離れようとする。

「タカソラちゃん」

小声で名前を呼ばれる。振り向くと、「ひょ」近い。小声なのによく聞こえると思った。間近のその顔は、水池さんとあまり似ていないように感じた。それは多分、表情が朗らかなのが大きいのだろう。私の知る水池さんは凪のように顔も声も静かだ。

「海と仲良くしてあげてね。あの子、わたしのせいで友達いないから」

にこにこしながら言われても困る内容だった。

「でも……」

「はい」

なぜそっちがいい返事するのだ。

子供みたいに素直に頷かれて、言い淀む。でもそちらのご息女は夜中に出歩いて怪しい噂が立っていますけど、とはさすがに話を振りにくい。知っているのだろうか、そもそも。なんとなく、知っていてもこの人は止めない気がした。

そういう力強さとは無縁にしか思えないからだ。

「まぁ、ほどほどに」

有耶無耶にして、部屋に逃げた。水池さんとは違った意味で苦手だ、この人。

部屋で鞄を下ろしながら、一緒に崩れ落ちる。

学校のこと、家のこと。どちらにも、水池海との繋がりが浮かぶ。

ただの居候が、私の生活の中心に根付こうとしていた。


晩ご飯を食べて片付けている最中、母親が帰ってきた。

母親は一目散に水池母に突っ込む。ずざーっと、床で頭を削るように。

「疲れた。癒して」

「そうねぇ、膝枕いる？」

「早く」

母親の四肢がビタンビタンと跳ねるのを見てから、部屋に戻った。

部屋ではもうお馴染みに、水池さんがお勉強中だ。それを眺めながら座るのも、もはや慣れ切った動きと言える。その水池さんとの距離はまだ検討中というか、試行中？

どれくらいの距離で一緒に過ごすのが、今の私たちの適切なんだろう。

「頭よくなって、したいこととかあるの？」

他にやることを知らないみたいに熱心だから、つい聞いてしまう。

教科書の端を摘んだまま、水池さんが「んー」と寄せた眉根もそのままに唸る。

「なったら色々見えるものが増えるかなと思ってるから。それを見てたら、なんかやりたいことも思いつくんかなって」

「ふぅん……」

なにやら深いようにも聞こえるけど、多分聞こえるだけだろう。

「星さんは？」

「私？」

いつの間にかほしたかさんと間違えられなくなった。割とあることなので気にしない。

「夢みたいなのないんか？」

「夢……夢かぁ」

夢って具体的なものじゃないはずなのに、適当にあげるのはなんだか許されない気がする。

口にしても、思い浮かべるだけでも、ぼんやり見つめるだけでもしっくりこない不思議な感触だ。

「町を出たいとか、そんなのはあるよ」

「独り暮らし？」

ちょっと違うけど、結果はそうなるのか。

「このままでいたくないってなんとなく思ってるだけ」

どうだ高校生みたいだろ、ってへらへらする。どんな形でもこいつの笑った様子なんて見られるかなぁとか期待してみたけど、水池さんはごく真面目に、肯定してきた。

「それ、少しわかるわ」

「……へぇー」

水池さんの生活を考えたら、このままではいけないと私以上に感じてもおかしくないか。

でも私も水池さんも、そのためになにをすればいいのか分かっていないみたいだった。

またなにか話しかけようと探っていたところに、電話が鳴る。私のじゃない、と気づいて目線が尖る。水池さんが鳴った電話を取り、じぃっと睨むように視線を注いで。

「出かけてくるわ」

「……泊まり？」

「うん」

短く返事して、水池さんが用意するために動く。速足で出ていって、私は、膝を摑む。

痒いのに、その場所が分からないようにカリカリと爪を立てた。

面白くない。

経過とか動機を省いて、生まれている感情はその一言で表せる。

私は、これが、大変に面白くないのだ。

憤りにも似た渦巻を水池さんにぶつけないように、深呼吸を繰り返す。

戻ってきた水池さんが服を脱ぐのを、今日は目を逸らさないで見つめる。

逸らさないで、と意識していたら肩ががちがちに硬くなった。

なんだよ、これ。

水池さんの背骨のあたりを、じぃっと凝視してしまう。

涙でも溢れるように、目玉と頬が温度を帯びる。

すぐに服を着て見えなくなったのに、まだ物足りないみたいにずっと目で追ってしまう。

こんな風に、私以外の誰かがこれから好き放題に眺めるのかと思うと。

眺めるだけじゃないのかと思うと。

心臓が、不安になるような嫌な痛みを訴え続けていた。

「勉強会？」

教科書と筆記用具を詰めている背中に、皮肉めいた調子で聞いてみる。

どうでもいい気にしてないちょっとふざけているだけ、と何の役にも立たない言い訳が頭を巡る。水池さんは鞄を摑んでから振り向く。

「そうかもしれんね」

「へー」

なんだこの態度。無関心を装うとして、全然素っ気なくできていない。

拗ねた子供みたいになっていて、でも引っ込むこともできなくて顔を逸らし続ける他ない。

その間にも物音が私から遠ざかっていこうとする。

「勉強会か」

ふとそんな呟きが聞こえて、顔を上げると。

「…………………あ…………」

笑っていた。

部屋を出る寸前の横顔が、意識を薙ぐように、刈り取る。

それは恐らく、初めて見る……見る、笑い顔。

あいつ、あんな風に笑うんだ。

本当に心からなにかを待ち望むような、そんな尖った部分のない微笑み。

柔らかく、優しく、目の下を風みたいに撫でる。

静かなる衝撃。

一目見ただけで身体を無視して届き、まるで私の心の一部になってしまうような。

そんな、笑い方だった。

今までとあまりにかけ離れ、想像することもできなくて。

けれどきっと、水池海にしかできない。

侵略者が見せた、別側面からの襲撃だった。

「……なんだそれ」

頬杖で顔を支えられなくなって、身体の半分ほどを布団に投げ出す。横になって、まばたきもまったくしていないように目が乾く。欠伸の一つもこぼれない。なんで自分は意味もなく笑いそうになっているのだろう。それはどこから来る感情の起伏なのか。

知覚できるわけもない、無数の細胞の躍動を感じる。波打つものの奥でなにかが萌芽しようとしている。それは自分という殻にヒビが入るかもしれないほどの痛みを伴って生まれ出ようとしていた。

身に起きた異変に戸惑い、発熱でも患ったように気怠さと心の不安定さが際立つ。解消する方法が見つからず、ただ何度も残像を追いかけるように、私が見たものが繰り返し目に浮かぶ。

その度に目を瞑ったり、頬を撫でたり、うつ伏せになったり。

なんでそんな笑顔で、部屋を出ていくんだ。

私のじゃない。

私の前であいつが笑うのを見たことがない。

誰に会いに行くんだろう？

あいつは一体、なんなんだろう？

ただでさえ情緒が心細くなっているところに、疑問が囲んでぼそぼそと喋りかけてくる。噂の通りなら、そんな純粋な感情で歩いていけるとは考えられない。私が知らない世界とはいえ、きっと心豊かになれるような時間ではないはずなんだ。だから、多分、噂話は間違っている。

正解じゃないなら、余計に、謎に落ち込む。

どこから来たかも知れない同級生は、どこへ行こうというのか。

あいつの見ているものに自分を重ねようとしても、その輪郭がまだ摑めない。

水池海を形作るものが、ぜんぜん、分からない。

泥の中でのたうつように、いつまでも布団の上で寝転がる。

今のあいつは、どんな顔をしているのだろう。

どれだけ寝返りを打っても、見つめる壁の模様を入れ替えても、ずっと気になった。


「今のウミちゃんがどんな顔をしてるか見たい？」

「……別に知りたくもないですけど」

「真剣な顔して凜々しいよ」

「はぁ」

単に近眼だから目つき悪くなっとるだけやと思う。

駅で待ち合わせて、いつもみたいに手を引かれて連れていかれたホテルでなにやってるかと言えば教科書開いてお勉強だった。本当に勉強会になっとる。最高の空気と匂いの中で、表面少しざらついた教科書を指先がなぞる。

「この前は勉強できなかったから、今日はその分やった方がいいと思って」

「……おきづかいどーも」

ええけど、正直拍子抜けはした。チキさんと会うときはそういう気分……気分ってなんや。覚悟……もおかしいけど、なに……そういうのなんだ、って電車の中で頭に入れてから行く。肩に力は入るし、胃の底ががちがちに硬くて重い。そういうのが全部不燃物のゴミになってしまった。いや、勉強終わったらまた必要になるのかもしれんけど。

チキさんはベッドの端に座り込んで、カバーのついた文庫本に目を落としている。耳にかけた髪も、組んだ足も、少し俯いた鼻先と瞳の形もすべてが下へ流れるように綺麗に整っている。滝を眺めているみたいだ。

絵になる人やな、とひっそり覗いてからまたノートに向き合う。わからないところがあればチキさんに聞くけど、そこまでぶつかることもなく。暇じゃないのか、とチキさんの気持ちを意識してしまう。他の人のことは側にいてもさっぱり考えんくせに。

「それ、なに読んでるんですか」

聞いても多分、ぜんぜん分からんやろうけど。

「青き秘色の蒼穹」

「へー」

わからん。

「甲斐抄子って作家の本。けっこう面白いよ」

こんなつまらん反応しかできんのに、なんで聞いてしまったんやろ。

チキさんの様子を窺う。チキさんは本に目をやったままで、見向きもしない。目が合う前に、すぐに前へ向き直った。

「そーなんですか」

「ウミちゃんは本とかあまり読まない？」

「あまりっていうか、まったく」

本当に一冊も目を通したことがない。国語の教科書の話くらいは読んだけど。

「漫画も？」

「あたし、そういうのよくわかんないんですよ」

ちっちゃい頃にぜんぜん触る機会がなかったから、楽しみ方が理解できてないんやと思う。一緒に住む大人がころころ変わって、その度に怒られんよう小さくなっとったから、遊びに行こうとか、遊ぼうとか思えんかった。だから窓がある部屋にいるときは、よく空を眺めていた。

なんにも思わんままぼーっと上を向いて、夜が来ると少し嬉しかった。

寝るのが一番楽だったから。

「……ウミちゃんって、お母さんのこと恨んでる？」

「え、なんでですか？」

「そういう生き方しか与えられない親だから」

普段穏やかに、崩れることのないチキさんの声に珍しく棘のようなものを感じた。怒ってる？　誰の、なにを？　その憤りの矛先がわからなくて、少し戸惑う。まさかあたしのためにお母さんのことを怒ってるとかそんな都合のいいことはないだろう。そこまでおめでたくないわ、あたしも。

「恨んでないし、嫌いでもないですよ。だって」

「だって？」

「……いや、べつに」

なんでも、ともごもご呟いて打ち切った。

だって、お母さんはあたしがいなかったらもう少し楽に生きられたと思うから。寄る相手をもっと簡単に選べただろうし。だからあたしはそういうとこに……責任っていうのもなんか変やな、なんて言えばいいのか。咄嗟に言葉が出てこなくて教科書を何ページかめくってから、ああ負い目でええんかと気づいた。その負い目があるから、嫌いになるのはおかしい。

「ふぅん」

チキさんのそういう短い反応は少し怖い。普段からまったく読めん心の内が、更にわからん。怒ってるのか笑ってるのかなんも思ってないのか、平坦な調子からは汲み取りづらい。英単語よりもチキさんのそうした心境を理解できるように頭がよくなりたいと願うのは手遅れだろうか。

しばらく、無言だった。昔は自分以外の音が途絶える時間を好んでいた。他人は危害しか運んでこんかったからだ。でも今は、少なくともチキさんといるときは、無音の方が耐えづらい。

だってチキさんは優しいから。

優しいままでいてほしいから。

それ以外が、嫌だから。

怖いから。

ぽろぽろと、雨か涙みたいに気持ちがこぼれる。本音しかなく、塩味の強そうな水滴ばかりだ。

「ねぇウミちゃん」

「はい？」

「下着は何色？」

英単語が書きかけで途切れる。前後の文章がまったく頭に入ってこなくなる。

落ち着いて、ゆっくりとシャープペンを置いて、振り返る。

「なんの話です？」

「今日の下着の色についてのお話」

聞き間違いではなかったし、なんらかの比喩表現でもなさそうだった。抜き身すぎる。

これ答える必要あるんか、と思いつつもチキさんに見つめられると、色んなものが溶ける。

「……青、ですけど」

いや水色やったか？　自分のことなのに自信なくなってきた。

「いいねぇ、見せて見せて」

チキさんが本を閉じてはしゃぐ。子供が手品でもせがむような調子で、あたしは自分の頭と耳のどっちを疑えばいいんだろうと思い悩む。

「……なんで？」

「見たいから、以外の理由ある？」

この人、間違いなく頭いいのになんで急にバカになるんやろ。

「見たことあるでしょ」

「今日は見てないもの」

目がキラキラしてきた。その輝きに自分が逆らえるかというと、検討するまでもなかった。

諦めて立ち上がる。用意しといた覚悟の半分くらいは利用できそうだった。

「あ、下だけでいいよ」

シャツの端に手をかけたところでチキさんから注文が入る。

「上……はええんですか」

「うん。下だけ脱ぐのがいいなー」

もうなんで、って聞くのも面倒になる。変なこだわりを見せてくるチキさんにはついてけん、と諦観しながらショートパンツに手をかける。

「いやぁ悪い立場だよねー。嫌がる相手を金銭で釣って」

チキさんが実に楽しそうに足を揺らす。

形としてはその通りなんやけど、実際に言葉にされると。

なんか、いやだ。

強い反発が、拳と声を生む。

「お金じゃないです」

あたしたちの関係を根底から否定するような、そんな意思がにじみ出る。

「お金も大事やけど、それだけのためにチキさんのお願い聞いとるんじゃないし、お金あったら誰にでも従うわけやなくて、チキさんのご機嫌伺(うかが)っとるわけじゃ……いや気にしてはいるけど、それは……なに言ってんだ、あたしは」

言ってて耳が根元から焼けるように痛い。核心をごまかすように周りをぐるぐる言葉がうろついているだけだから要領を得ないし、なにかを伝える力のなさが露呈しただけだった。

それでもチキさんは意を汲むように、「へぇー」とにやーっとする。

「純粋にわたしのために脱いでくれるんだ。うん、そっちの方が嬉しいよ」

「あ……ぇぇ……」

墓穴掘って否定できんくなって、首が頼りなくなる。汗が皮膚の下に滲み始めているのを感じる。と、チキさんがベッドから跳ねるようにしてこっちへ近寄ってきた。なんだと警戒する間もなくあたしの手を引き寄せるように取り、そのまま唇を重ねてきた。

珍しく舌も入ってこない、ただの淡い口づけだった。

「大好き」

手のひらが心臓を無遠慮に押さえつけるように、もう塞がっていない口が息苦しい。

「ぜ、ったいうそだ」

息も絶え絶えに、辛うじてその甘さを払う。否定ではなく、自分に言い聞かせるために。

そんな明け透けに幸せに、あたしがなれるものか。

「怖がりだね」

的確な評価かもしれない。チキさんはそういうあたしをただ笑ってベッドに戻る。そして
「さぁさぁ」と待ちきれないように跳ねる。ちょっと後悔し始めた。

目を瞑りながら穿いていたショートパンツを下ろす。両足を外そうとして、足首に引っかか

ったそれで前へ転びそうになった。もう、もう、と言葉にならない感情の雲に呑まれそうだった。

「……満足ですか」

足丸出し、下着丸見えでチキさんの前に立たされる。普段はもっと露出しとる時間もあるのに、中途半端なこの格好の方が恥ずかしいのはなんでやろう。ただ立たされとるからか、と頼りない下半身に頬を熱くする。

裸のときはなんというか、深く考えとる余裕ないもんな、あたし。

「手で前を隠してもえっちだし、隠さなくてもえっちだねぇ」

「……やらしいのはそっちやろ」

「ふむふむ」

チキさんが屈んで熱心に人のまたぐらを凝視してくる。やめろや、とぶわっと汗が浮かぶ。

血の集った耳が熟れた果実みたいに膨れて、重くなるのを感じた。

「あ、脱がせたことあるやつだね」

「……見たことあるやつとか言ってくれませんか」

生々しいわ。

「なるほどねぇ」

なにを納得したのか、チキさんがベッドに戻って座り直し、本を開く。

「もう穿いていいですか？」

「だめ」

こっちを見もしないで却下してくる。せめて見ろや、見せてるんだから。いややっぱ見ないでほしい。下らない葛藤が芽生える。まさかこのまま勉強しろと言うのか。

「堪能したしお風呂入ってくるね」

「はぁっ？」

チキさんが開いたばかりの本を置いて速やかに服を脱ぎ始める。上着に手をかけたところで思わず目を逸らした。べつに、裸だって見ているのになんで照れるんやろう。部屋が明るいからか？

「バスルームで、脱げばいいのに」

「ホテルの雰囲気っていいよねぇ。ちょっと上を向いて空気を吸うだけでわくわくする」

「話聞けや……」

ロビーにぼんやり座ってるときもはしゃいでる感じがあるから、本当に好きなんやろうな。

「一緒に入る？」

人差し指に引っかけた下着をぐるんぐるん景気よく回して、裸のまま隠しもしないチキさんに心の水位を押し上げられる。露出した足の冷たさと、頬の温度差が大きすぎて背中に走るものは悪寒じみていた。

「今日は、いいです」

「そっか。それじゃあお先ね」

「はい……」

整ったお尻を棒立ちで見送る。

入ったら、入るだけじゃすまんのが経験上わかっていたからだった。

要求されたことしたこと温度湿度肌水滴湯気髪唇雑多な記憶が溢れかえって頭が収拾つかなくなる。張り付いた皮が崩れるように顔の節々が痛い。崩れるように座り直して、頭痛と戦うように額を押さえて、まだ崩れそうで、床を這うような酷い動きでベッドに転がる。

「ああもう……」

赤裸々って言葉があるけどまさに、字面そのものだった。意味は知らん。

頬が硬く、目を開けていられなくて、すぐに瞼を下ろす。真っ暗で、物音が少し遠い。感覚が流れるように鼻に寄り、好意的な香りを感じ取る。なんだろうって薄目を開けると、チキさんの脱いでいった服が乱雑にベッドに置かれているのが見えた。ああこれか、ってまたすぐに突っ伏す。上着に下着に……チキさん本人でもないのに、じっくり見ていたら妙な気分が湧き上がってきそうだった。チキさんが一日中着ていたもの、と勝手に考え出す頭を何度もベッドに打ち付ける。ベッドは柔らかく、ろくに痛みもなくてなんの効果もなかった。

高級が悪い方向に出ることもあるんだな、と思った。

しばらくして、チキさんが湯気と共に戻ってくる。ホテル備え付けのバスローブに着替えて、頭にバスタオルを載せている。交代するように起き上がってベッドから離れると、「眠い？」と聞かれる。「いや、べつに」と有耶無耶にしながら斜めを向いた椅子に戻る。

チキさんの本を扱う音が聞こえ始めてようやく、意識が勉強の前に座り直す。開いている教科書が英語だともやっと認識し直せた。英語は、低いのと比べたら点数は良い方だ。……当たり前か、低いのと比較したらみんなそうだ。そうやなくて、不得手ではないと思っている。

英単語を暗記するのは苦じゃなかった。覚えて、書く。わかりやすくていい。

いまいち振るわないのは数学。現国もぱっとしない。以前にチキさんに話したら、数学は自分も苦手だと笑っていた。なにがそんなに嬉しいのか、あたしには今もわからない。

「ねぇウミちゃん」

「……なんですか」

話の振り方がさっきと同じなので、嫌な予感がした。

「今度下着買いに行こうか」

「え？」

予想と少し違った。下着も脱げって言われるかと身構えていたのだ。穿く方の話やった。

いや穿いとるけど。

「なんで？」

「ウミちゃんに穿かせたいから」

そして見る、と穏やかな声で締めてくる。呆れながら振り返ると、チキさんは本に目を落としたままだった。

「下着の種類が少ないなって気づいたの」

「そりゃ、まぁ……」

洗っている間に数が足りているならそれ以上いらんし。

「楽しみ」

行くとはまだ言っていないのに、チキさんはもう決めてしまったみたいだ。もっとも、あたしはチキさんに逆らえんから答えるまでもないんやけど。色々な理由で、抗えない。

ホテル以外をチキさんと一緒に出歩くことは珍しいから、なにというか、なんて言うんか……こういうときの感情を言語化できない。背伸びして、胴体前面に風を受けても歩いていけそうな気持ちをなんて呼べばいいのか、あたしには思いつかなかった。きっと足りないのだ、経験が。チキさんと会うとそんな気分が次々にあたしを脅かす。

そのチキさんはおかしなことでもあったように、時々肩を揺らしている。合わせて揺れる、まだ少し濡れた髪が灯りを吸い込んだように、滑らかに輝いて美しい。視線を外す理由を失って見つめていると、見とれているとも言うかもしれんけど、チキさんに気づかれる。

「ん？　用事？」

「いや、なんもないですけど……楽しそうだなって、見てました」

半分くらいは素直に言うと、チキさんが本の背表紙を見せるように向きを変える。

「うん。この人の罵倒のセンスが合うみたい」

「ばとー……」

あたしといるチキさんはにこにこしてばかりだけど、一人のときは他の誰かをボロクソに罵ったりしているのだろうか。声を荒げることもほとんどないから想像がつかん。

でもあたしが知りたいのは、そういうチキさんなのかもしれない。

「本読むのって楽しいですか？」

「面白い本を読んだときはとても」

チキさんが質問の意図を探るように小首を傾げる。

「ウミちゃんも漫画は読んだりしないの？」

「ぜんぜん」

多分本当に、一度も読んだことがない。人の家の本を触ったら怒られるかと思って、ずっと手を出さないでいた。そうしているうちに読まないのが当たり前になって、今に至る。

「でも読んでる人はよく見るから楽しいのかなって……いやそれ以前か」

あたしは、楽しいっていうのがどういうのか、まずわかってない気がする。楽しいってどんな気分なんだ。人が楽しそうにしているのは見ればなんとなくわかるけど、そういうときは大抵笑っている。だから、笑うっていうのが楽しいってことなのかもとは思う。
でもあたしはあまり……ほとんど？　笑わんと思う。一日中自分の顔なんて見てられんから
はっきり言えんけど。だから、楽しいをろくに経験しとらんから自覚できんのではないか。
「と、思いました」
自分なりの考察を明かすと、チキさんが本に栞を挟む。
「ふむ」
一度目を泳がせて。その目がホテルの壁掛け時計に向かう。
「お風呂入っちゃったけど、ま、いいか」
時刻を確認したチキさんがバスタオルをベッドに置く。そして、バスローブを脱ぎ始める。
んな、と思わず声が漏れそうになるくらいに唐突で、力強い脱ぎ方だった。弾け飛んだように
さえ見えた。慌てて前に向き直る。前向かんとあかんのか？　と首筋を脈動させながら汗と共
に問い続ける。
後ろから細やかな衣擦れの音が聞こえてくる間、教科書の内容なんて頭に入らないままペー
ジをめくっていた。……あたしもひょっとして、根っこはチキさんと大して変わらないのだろ
うか。額をどこかに叩きつけたくなる。でも急にそんなこと始めたらチキさんが心配するだろ
うから諦めた。
「ちょっと買い物してくるね」

「え、こんな時間に？」

コンビニか居酒屋くらいしか開いとらんと思うんやけど。

振り返ったらチキさんは既にさっきまでの服に着替え直していた。そして財布片手に、「すぐ戻るから」と言い残して部屋を出ていった。えぇ、と大胆な行動に困惑する。おいてかないで。

こんな広い部屋にあたし一人やと、背中が一気に寒くなったように感じた。ごまかしていた場違いがやってくる。綺麗でしかなかった夜景の光に侘しさが共鳴したようだった。身の置き場を失って、つい立ち上がって据わりのいい場所を探してしまう。広すぎる、とうろうろして選んだのはベッドとサイドボードの間の小さな空間だった。そこに座り込んで壁に背をつけると、ようやく少し落ち着く。取り巻く圧迫感にほっとする。狭さに慣れすぎていた。

「なにやってるんだろなー……あたし」

自力では一生来られるはずもない場所に、ぽつんと居座る心細さ。

今にも誰かに出ていけとか、なんでいるのって目で見られそうで。被害妄想みたいになっているけど、ずっと、そんな風にしか見られてこなかったからそれがあたしの当たり前なのだ。

子供の頃は特に、本当に誰からも疎まれていた。そんな記憶しかないから、たくさん、覚えている。俯いていると一つ一つ丁寧に思い出しそうなので、億劫だけど頭を上げた。

視界に映るのは、隣のボードの上に置かれたスマホと高そうなバッグだった。不用心やな、と横目で眺める。

スマホはまぁ、触ってもなんにも見えないだろうけど鞄の中は、なんて不埒な考えが頭をよぎる。今日あたしに渡すお金と……今日受け取っていいんか？　勉強しかしてないけど。あたしが対価を受け取るのは、その……売ってるというか。

額と前髪をくしゃくしゃ掻く。チキさんとの間にあるものは意識するとみんな恥ずかしい。

あの人もよくわからん、ホテルで勉強させるためにあたしを呼んだんか？　いや下着は見せたか。あれそれでも結構いかがわしいぞ。じゃあいいのか、とそこは納得しかける。

そこはいつものことなので、この際なぁなぁで済ますとして。

それより、ってちらちらと鞄を気にしてしまう。

身分を証明できるものでもあれば、名前くらいはわかる。

なんもわからんチキさんの、ほんとう。

将来なんかよりよっぽど知りたくなってしまった、その人の秘密。

やろうと思えばできる、という状況に息を止めるくらい葛藤して。

「いや」

やるわけないやろ、と右手を押さえつける。

チキさんについて知りたいことは山ほどある。知りたいことしかない。でも鞄覗くのは違うやろ。だめだめ、と顔を背けて頬杖をつく。

壁になったのは常識とかやなくて、チキさんに失望されることへの怖さだった。

「あーもう……終わっとる」

なんでこんなに、チキさんに依存してしまったのか。

綺麗だからか？　そんな人の近くにいたいからか？

それもあるやろうけど、なにより。

必要としてくれたからだ、あたしを。

たとえお金で結ばれただけだとしても。

「……ん？」

チキさんといえば、いえば……今、なにかにふと引っかかりを覚えた。

大したことではなく、靴の中に小石が紛れていたくらいの違和感だけど。

でもそれは一向に形にならなくて、ま、どうでもよさそうだと正解を諦めた。

しかし、いきなりなにを買いに行ったのだろう。

「まさか下着買ってくるとか……」

そんな話の流れやったし。買ってきてその場で穿き替えろとかやりかねない。

でもこんな時間のどこに下着なんて売っとるんやろう。知らない土地だし、少なくとも地元よりは都会なので、案外本当にそういう店がぴかぴか光りながら元気に営業しているのかもしれない。あたしが知っとる世界はひどく狭い。前はその世界を広げて、違う場所に行きたかった。今は世界よりも知りたいものがあって、ああ、ばかだなって自嘲し続けている。

早く帰ってきてほしかった。そんな風に、誰かを求めている自分が愚かで、新鮮だった。

ややあって。

「ただいまー」

チキさんは宣言通りにすぐ戻ってきた。変なことを考えたから、少し後ろめたい。そう思って反応できないで黙っていると、チキさんがつかつか寄ってきてさっきと流れ似とると考えている間に、同じように口づけしてきた。ぽーっと、息と熱が力なく抜けていく。

「おかえりって言ってくれなかったので」

「……時々、チキさんが宇宙人に思える」

「それよりなんでそんなとこ座ってるの？」

チキさんに手を引かれて、隙間から立ち上がる。「落ち着くから」と言ったら、チキさんは「分かるかも」って少し笑った。変なのって言われないからちょっと意外だった。

それからチキさんは財布を鞄の上に放って、袋はなく、手掴みしていたそれを掲げる。

「なんです、それ」

本だった。でも小説とは違うみたいだ。

「漫画。一緒に読も」

チキさんの笑顔によく似合う、賑やかな色合いの表紙だった。

どういうことかよくわからんので固まっていると、ベッドに腰かけたチキさんが手招きしてくる。とりあえず行ってみると、チキさんが自分の隣を軽く叩く。座る。

「あ」

座って思い出したけど、まだ下半身は下着一枚だった。揃えた足をやや恥じる。

せめてチキさんいない間に穿くくらいはしとけばよかった。

「コンビニだと最新刊しか売ってなかったけど、ま、いいでしょう」

チキさんが買ってきた漫画は、あたしでも名前くらいは知っている有名なやつだった。たしか、なんか腕が伸びるやつ。

いや足やったか？

「漫画、楽しいよ。どう読むか勉強しよ」

「べんきょう」

嬉々として広げた紙面を、促されるままに覗く。白黒の線がいっぱいだ。

「ウミちゃんはもっとたくさんの楽しいを知っていい子なんだよ」

声は子供の頭でも撫でるように、あたしを柔らかく導く。

あ、とか。え、とか。舌の先に小さく生まれては砂糖菓子みたいに溶けていく。

漫画を嬉しそうに眺めるチキさんの横顔に、ぼうっとする。

生まれるたくさんの感情は敬意を示すように、みんな並んで横入りすることなく流れていく。

「チキさん」

つい、ぽろりと名前を口にしてしまう。

「なぁに」

意識してないのにその名前を舌がなぞってしまった。それだけで、満ち足りるように。

いくら求めても足りないみたいに。

チキさんが、優しく微笑(ほほえ)んであたしを待っている。

「あの……」

言いたいことがあって呼んだわけじゃなくて。

ああでも、言わないといけないことは、ある。

「ありがとう」

顔を見ては、言えなかった。きっとこっちが、変な顔をしているから見せたくなかった。

俯(うつむ)く中で、「いいの」って声だけが、聞こえた。

そうしてチキさんは家庭教師みたいに、あたしに漫画の読み方を教え始める。

「まずページのここから見て、左、斜めって追っていくの」

「はぁ」

チキさんの指の動きに釣られて目を動かすと、早速、困惑する。

「ご、」

「ご？」

「ごちゃごちゃしてるように……見える」

情報量が多くて、目が落ち着かない。人間の外にある文字が大きくなったり、小さくなったりするし。あっち行ったりこっち行ったり、目が運動しているみたいだ。

「大丈夫。今から一緒に読んでいくから」

「……はい」

そうして、チキさんは漫画の文章……台詞（せりふ）？　を一つずつ読み上げて、これはここに繫（つな）がって、とコマの移動を解説して、登場人物がどういう立場なのかを丁寧に説明してくる。本当になにも経験したことのないあたしを、チキさんは少なくとも表にはばかにしないで、親切に指導してくれる。

それは適切な距離にある暖房器具が、背中をじんわり温めてくれるような。

そんな、微睡（まどろ）む心地よさに満ちていた。

「……………………」

夢を見ているみたいだった。

季節の尖（とが）りを和らげるような涼風、汚れのない壁と天井、ふかふかのベッド。清潔なシーツの手触りの良さ、程よい照明、切ないくらい星の輝く夜景に、花の香り。

あたしを跳ねのけない、温かい声。

……夢みたいだった。

夢な気がする。

だって絵本を読み聞かせるように朗読するチキさんの声を聞いていたら、ふと。

丸いものが見えた。

大きな泡みたいだった。

その泡は崩れることなく、ふるふると震えて。

「なにこれ」

ぼろぼろと。

涙がこぼれて視界を滲ませるのが邪魔だった。

「ウミちゃん」

「べつになんでもないんです。なんでもないのに、なんか急に」

先走るそれと心の歩調が合っていない。前がどんどん見えなくなる。目玉の水分がなくなるんじゃないかって思うくらい、流れも量も凄い。雨粒みたいにぼたんぼたんとこぼれては、あたしの太ももを濡らして潰れる。大きな涙粒が肌の上で跳ねると痛いくらいだった。

今は、ぜんぜん違ったのだ。そんな気はなかった。

泣きそうとか、そんな感覚もなかったのにいきなりすぎて、呼吸みたいに流れている。

でもその奥から次第に、大きなものが迫ってくるのは感じていた。

「邪魔、もう、」

目もとを拭おうとした手を、ぼやけた別の手に取られる。知っている手の柔らかさだった。

「外では泣けないでしょ？　だから、ここでたくさん泣いちゃおう」

「……いやですよ」

泣き顔、きっと情けないから、見られたくない。

でも止める手がないから、どうにもならなかった。

泣いている間にチキさんの朗読が続くのを聞いて、ますます、涙が浮かんでいくのを止められない。わからなかった。わからなかった。わからなかった！

なんで涙がこんなに出てくるのか、なんで涙がこんなに溜まっているのか、なんでチキさんがこんなにあたしに優しいのか。全部、あたしが知っている世界とはかけ離れていた。

あたしは、いらない。

いらねぇだろこれ。

必要ない。

邪魔。

ムカつくガキ。

地平線から下に振りきれたような色々を貰ってきた。

それなのに今、チキさんの声はどこまでも優しい。

どろどろに身体が溶けてしまいそうなくらい、温かい。

こういう優しさをちらつかせてあたしをもっと沈めていくんかなとか想像するけど。

そういう優しさでも、あたしには十分すぎた。

他の人じゃなくて、この人に優しくされたいから。

震える身体と涙が、ぼたぼたと、あたしを垂れ流す。

ずっと認めなかった気持ちが、溜めすぎて、決壊してしまう。

絶対、不幸になるってわかってるのに。

応えてくれないって知ってるのに。

チキさんが、好きだ。

優しくされたい、愛されたい、愛されたい愛されたい愛されたい愛されたい愛されたい愛されたい愛されたい愛されたい愛されたい愛されたい愛されたい好き好き好き好き好き好き好き。

好き。

好き、好き。

好き好き好き。

好き好き好き好き好き！　好き好き！　好き！　好き好き好き好き好き！　好き、好き！

なにもかも、ほしい。

感情がすり潰されて、涙になって、いつまでも外へ流れているのに。

窒息するような胸の水源は、永遠に枯れない。

「……あの、こんなときになんですけど」

「はい」

涙で前が見えなくても、感じるものがある。

肌寒さだ。

「そろそろ下穿いていいですか」

「だめ」

なんでだ。

胃液が波のように寄せては引いていく。寄せるだけじゃなくて助かった。

断ち切れない不愉快な感覚を抱えながら、いつか明けることを祈るように夜を見つめ続ける。

喉が渇いても動く気になれない。

終わりたい、って漠然とした願い。なにを終わらせたいのかも分からない。

家にいるのに、帰りたいって呟くときの心境と似ていた。

心細い？　不安？　青色が見えてくる、肌寒い感情。

不足を理解していながら、埋めることのできないもどかしさ。

それが一晩続くだけで、私はどこにも行けないような塞がった気分になっていた。乾ききってカラカラ音でもしそうな手足が、びくりとする。

扉の開く控えめな音がした。

光はまだ差し込んでこなかった。

「……おかえり」

「わ」

驚き方も淡泊だった。纏っていたタオルケットごと、のっそりと起き上がる。

扉を開けたまま突っ立っている水池さんが一応、目を丸くしていた。ずっと起きていたのか、どれくらい寝たのかが自分でも曖昧だった。ただ起きていても夢の中でも考えていることは一つだけで、大変、心外だ。

結果として、ろくに眠れないで帰りを待つような構図になってしまった。

なんなんだ、私も、こいつも。

「今日は早起きやな」

「暑かったから」

言い訳は案外淀みなく出た。実際この部屋もどんどん暑くなって、朝から早速爽やかさと無縁になっている。電車の向かい側の席に夏が乗り合わせてきているみたいだった。

水池さんはいつも通りの隅の位置に座って、ほぅと息を吐く。鞄を丁寧に置いた後、なにかを思い悩むように頬杖をついて、目を瞑った。単に眠いだけというのもあり得た。

こっちは二度寝という流れでもなく、水池さんと同じように座って、露骨にならない程度にその様子を覗き見る。程度を守れているのか自信はない。さっきから、水池さんの顔ばかり目に映っている気がするからだ。

「…………………………」

好奇心なんかじゃなくて……もっと暗い色の感情が、乾いた匂いを発している。

めちゃくちゃ問い詰めたい。また同じ花の匂いがするし。

どこ由来の匂いなんだ、これ。場所か、人か。目の前に詰め寄って、なんだなんだと疑念を浴びせたい。でも水池さんはきっとなにも答えないだろう。そして私を拒絶する。

想像するだけで気分が濁る。私の中にどんどん、知らない建造物が増えていくみたいだった。

それが開発なのか、乗っ取りなのか……私には、まだ分からない。

ゆっくり目を開けた水池さんが欠伸を一つこぼす。浮かんだ涙を拭いかけて、でもなにかを思い出すように取りやめて手のひらを見下ろしている。朝帰りで、眠そうで、一体どこでなにをしていたのか。気になって、でも聞く関係でもないし、と当然の壁に突き当たる。

じゃあ聞ける関係ってどんなのなんだ?

無言が、嫌だ。少し前は顔も見たくなかったのに……いや。

顔は最初から、見たくないって思ったことはないかもしれない。

だって、とその横顔を……視線がそこに違和感を見つける。

「腫れてる」

「あん？」

水池さんが雑にこっちを向く。ここ、と私の目を指差す。

「腫れてるけど」

目もとが泣き明かしたようにパンパンだった。指摘すると、水池さんが答えないで、すたすた部屋を出ていく。そうして少しして「うわ、ほんとだ」と聞こえてきた。鏡を覗きに行ったらしい。

「うー」

こっちは目が痛い。乾いているらしい。まだ見ていないけど、こっちはこっちで寝不足が顔に出ていそうだった。瞼を強く下ろすと、痺れるような痛みと共に涙が滲んできた。

戻ってきた水池さんが、小さな指で自分の顔の上半分を指差す。

なんだか、表情は硬いのに仕草が可愛らしい。

「これ、直し方知らん？」

「えーっと、熱いタオルと冷たいタオルを交互に載せとくといい……って前に見た気がする」

「物知りやな。タオル借りていい？」

いいけど、と言ったらすぐに引っ込んだ。

そんなに泣くようなことしてきた割に、声や態度に悲壮なものがない。嬉し涙をそこまで流したのだとしたら、どんな劇的なことがあったのだろう。

それから、畳んだタオルを目の上に載せた水池さんが体育座りで大人しくしている。視界が塞がれているからか、つい堂々と見つめてしまう。外でお風呂にでも入ってきたのか、薄い朝日の中でも血色の良さが見て取れる。色々、想像しては頭が重くなった。

目隠しの下で露出しているような唇が、微かに動く。声もあった。

聞き取れなかったけど、誰かの名前らしいものを呟いた気がした。

それは少なくとも、私の名前ではなく。

お互いに、相手の名前は分かっていてもまだ呼んだことはない。と思う。

目の動きや、あんたとか、それだけで事足りてしまう。

まだ目の前にいるそいつ、くらいから抜け出せていない気がした。

住み着いて、まだ二週間とちょっと。なにかが変わるための時間としては短すぎるのかもしれなくて、でも、私は既に変わってしまった。部屋を半分占拠するそいつに、邪魔という感情が持てなくなっていた。煩わしくなれなくなっていた。

なにもかも、あの、吹き抜けていくような笑顔が、悪い。

「散歩、行かない？」

膝に置いた指が、かりかりと暴れる。言ったことをすぐに後悔した。最近そんなのばかりな気がする。気持ちに声が先走ってしまう。自分の中に辛うじて出来上がっていた三角形が、どんどん崩れていくのを止められない。

タオルもそのままに、水池さんの顔が動く。こちらを向いている角度だった。

「あたしが？」

「あんたも」

なんだこのやり取り。返事もその返しも焦点がズレている。

「早く起きたときはそうしてるから」

寝苦しい暑さに包まれているときは、そんなことも起こる。だから私は町の早朝を夏の景色でしか知らない。水池さんは暖かい暗闇の中でなにを考えているのか、しばし、口を少し開けて固まっていた。早く言え早く言えって、首に虫でも這うような焦燥が募る。

「ええよ」

返事は素っ気なく、短く、でも前に倒れた。

水池さんがタオルを外して立ち上がり、なにも持たないでそのまま部屋を出ていく。私もすぐに続こうとして、思いついて財布に寄り道する。五百円玉一枚を握りしめて水池さんを追った。

居間では母親と、水池さんのお母さんが並ぶように寝ていた。散歩から戻る頃には、母親の姿は消えていそうだ。起こさないように足音を潜めて通り過ぎる。そうして消音に気を遣って、水池さんは更に物音を発しないことに気づく。そうした動きに慣れているようだった。

アパートを出て、鍵をかける。鍵をポケットに入れると、五百円玉と擦れる音がした。

目の下を気にしながら歩く水池さんに並んで、そっと覗き見る。

水池海の顎の線は、誰がそんな完璧に決めて描いたのだろう。

その横顔だけで、私の作った壁を次々に無造作に踏み砕いてくる。

通りまで出て、学校に行くための歩道橋を渡らないでそのまま左に折れる。その先には足つぼ整体という看板の掲げられた店の前に植え込みがあり、そこの端によく散歩中の老人が休憩している。私たちもそれに倣うように、真っ黒い縁に座る。

隣はスーパーで、さすがにまだ開いていないからいつもいっぱい並んでいる自転車の姿もない。普段は意識していなかったけど、駐輪場に自販機があることに気づく。

持ってきておいてよかった、と五百円玉を握って自販機に向かう。お茶を二本買って、水池さんの隣に戻った。一本を渡すと、「ありがと」と水池さんが短く礼を言う。

少し飲んでからも、もう一度「ありがと」って道路の方へ言った。

「誘ったのは私だしね」

朝の町の一部になりながら、水池海と共に呼吸する。自動車はもうなかなかの数が動き出していた。空の青さがそのまま下りてきているように、そこから生まれるイメージのような爽やかさが朝の空気にはある。梅雨時には珍しい湿度の低さで、居心地は悪くなかった。

「嫌なこと、あった？」

雰囲気に言葉が流れる。

手に持った缶と一緒に、水池さんの顎が少し傾く。

「なんで？」

「泣いてきたみたいだし」

なにしてたんだ、っていうのを遠回りに、優しさを装って尋ねているのだ。

いいやつの線からはみ出ないように、必死に首を伸ばしている。

「ま、そういうのではない、ね」

目もとに触れながら、やや俯いた水池さんが曖昧に否定する。

「そっか。なら」よかった。

いいわけない。

そういうのでないなら、どういうのか知りたい。本当は心配なんかしてなくて、それだけなのだ。

なにがあった、なにしてるって石にかじりつくように詰め寄ればいいのか。

できればそうしたい。

そうして、どうなるかは当然目に見えている。そのまま止まれなくなって、大事故。

嫌われる。否定される。隔絶を生む。

今となっては、なによりの恐怖でしかない。

分かっていた。

……分かっていて、でも。

道路に飛び出せば轢かれるに決まっているのに。

それでも、飛び出さないと泣きそうになっている、そんな自分がいた。


「……………………」


私は水池海が……まぁ、嫌い、ではなくて。

嫌いじゃないのに、こいつに関わると嫌なやつになってしまう。

でもいいやつでいたらきっと、私は永遠に後悔を繰り返す。

今の私の心は、そうした矛盾そのままの歪な形を描いていた。

それでもしばらくそのままでいたら、気分はまた晴れてくる。

朝のなにか始まりそうな空気は私を見放すことなく、鬱屈の塊をかき混ぜて散らしてくれる。

水池さんもお茶を時々口にしながら、心なしか口元が柔らかいように見える。

そんな横顔にはまた別の感情が揺さぶられそうで、覗くのはほどほどにしておく。

ちょっと外を歩いただけなのに、どこか辿り着いた気がしていた。

良い景色は人を酔わせる。

でもそんないい気分も朝が消えて、昼を辿り、夜に行き着けば別のものに置き換わる。

悪いことや気分はずっと続かない。

でも心地よさだって永遠じゃないって、それくらいは私も知っていた。


今宵の同居人は教科書の前ではなく、部屋の隅に体育座りをしながら漫画を広げていた。

「珍しいじゃん」

「ん……うん」

難しそうに顔に皺が寄っている。娯楽を前にした顔には見えない。

「面白い？」

「いや、うぅん、まず話がよくわからん。最初から読んでないし」

「なにそれ」

「でも絵が上手いのはわかる。こういうのが描ける人ってすごいわ」

すごいすごいって、子供みたいに単純に褒め言葉を並べている。表情変わらないまま。

「普通に生きてて絵が上手くなることないやろ。普通じゃないことをどっかで始めんとあかんから、あたしはそういうのすごいなって思う」

水池さんが素直になにかを褒めていると、なんか、むっとした。

すごいなすごいなって声が私に向けられたときを、なぜか思い出してしまう。

「私、料理できるけど」

……なにを張り合っているんだ、私は。面識もない大物漫画家に。

背中に嫌な汗がばぁっと浮かぶ。

水池さんは最初、本から顔を上げたまま固まってしまった。意味を摑みかねているのが伝わってくる、慎重な目の動き方だった。取り消したい。でも一度放たれた言葉は決して消えない。

「すごいわ」

「どーも」

言わなければよかった。

「寝ます」

露骨にごまかして逃げた。敷いた布団の上に転がって、背中を壁にする。

あああああ、と手のひらを顔に強く押しつけながら悶える。独りきりだったら足が暴れてエビみたいに跳ね回っている。今も油断すると転げまわりそうなエネルギーを腰回りに感じる。

「あたしも寝るわ」

気を遣ったのか、消灯してくれた。水池さんも布団に転がる衣擦れの音がする。

部屋を横半分に分けて、どっちも身体を丸めて寝る。縦に割れば伸ばして寝られるけど、お互いの距離はずっと近くなってしまう。それは自然に避けるくらいの関係が、今の私たちだ。

私はべつに、もうそれでもいいかなって思うけど。

……それでもいいかなが、本心に歩み寄れる限界だった。

「おやすみ」

「……うん」

こっちの返事は濁点いっぱいついていそうだった。

そうして耳が痛くなるくらい、音が静止する。部屋の外からはテレビの音や母親たちの声がするはずなのに、なにも入ってこない。時折聞こえるのは、水池さんが微かに動く音くらいだ。

どうも私は、水池海を感じ取ろうとして神経がそこに集っているらしい。

意識したわけでもないのに、なんだろう、この、バカみたいな仕様は。

そんなに………か？　水池海は………なのか？

綺麗なのは認めるけど。見てばかりで、その度に湧き上がるものはあるけど。

まさか、一目でなんとかってやつとでもいうのか。

いや相手を考えろよ。

勝手に住み着いたやつで、部屋を半分持っていって、話してみると思った以上に生真面目で、家のこともやってくれるし、友達だって、すごいなって、綺麗で、肌艶で、胸で、綺麗で。

握りしめた紙屑が頭にボコボコ詰め込まれて、語彙を失っていく。

紙屑には真っ赤な色の心の叫びが鮮やかに、私の筆跡で描かれていた。

好意の天秤は、完全に破壊されてもうなんの役目も果たしていない。

なんでそんなに、見た目がいいってだけで。

無敵か、その顔。

あたまいたくなってきた。

コ○ックみたいに頭を押さえていると、ふと、水池(みずいけ)さんの声が、掠(かす)れた呼吸と共に耳に入る。

集中しすぎて、収音も完璧で。

今度ははっきりと聞き取れた。

『ちきさん』

水池(みずいけ)さんは確かにそう呟(つぶや)いたのだ。思いつくものがすぐに出てこない。ちきさん。山の名前？　人か？　呪文？　思わず口にしてしまうくらいだから、よっぽど、思うところがあるのだ。

大事かは分からない。大事なら、胸の奥にずっと秘めていそうだから。

「それ、なに？」

声をかけるか悩んでいる最中だったのに、唇が独断で動く。

「それって？」

声にごまかす様子はなく、本当に不思議そうだった。無意識だったのか。

「今なんか呟(つぶや)いたから。名前みたいなの」

言われると心当たりも出てくるのか、「はっ」と自嘲するような声が聞こえた。

「またか。ばかみたいやな、あたし」

振り向くか、ずっと迷っている。背中越しだから、動揺しないで喋れていそうだった。暗がりの中でも見つめ合えば、自分が冷静でいられる自信はない。

「……で、なに？」

「なんやろね、あたしにもわからん」

「あ、そう」

言いたくないってことね。ああそう、とお腹が燃える。

とても眠れそうにない燻りだけが残った。とんとんとんとんってこめかみを叩き続けて歯を食いしばる。健康に悪い、絶対。水池海は私の健やかな日々を破壊する。悪魔かもしれない。でも悪魔って魅力的じゃないと仕事にならないから、ああなるほどって気もする。なにが。

「嘘ついたわ」

水池さんが、私の濁りかけた目を突っついてくる。

「あたしの好きな人」

後頭部が光に包まれたかと錯覚した。

暗闇の中に、ジグソーパズルのピースみたいな形をした白いものがいっぱい浮かんでいる。蒸気でも噴き上がるように、意識が活性化していく。

無数の孔を強制的に開いてくるみたいだった。

「ふぅん」

なにがふぅんだ。

「いるんだ、そういうの」

声がパリパリだった。

「意外」

声が首の浮き立った筋から漏れている気がした。

「あたしにも意外だった。ぜんぜん、知らんかったから」

「彼氏？」

間を置けず、早口を被せるようだった。

窮屈な姿勢で踏み込む。守るように、膝を抱きかかえる。

どんな答えが返ってきても、砕けないように。重い、石になる。

返事は少し間があった。

「片思い」

頭を思いっきり殴られながら安心するという大きな矛盾に、吐きそうになる。

「どんな人？」

「……この話、続けるの？」

露骨に嫌そうだった。私だって聞きたくない、でも聞きたい。どっちなんだ。どっちもだ。

「夜中に恋バナとかそれっぽいじゃん」

適当な理由をつけて食い下がる。「ぽい？」と水池さんが居心地悪そうな疑問を発する。

そのまま、沈黙を挟む。

このままだとなにも話してくれそうもないので、こっちから振る。

しつこいな、私。

「片思いって、どんな気持ち？」

そんなこと本当に聞きたいのかって自分に呆れる。

答えがあるかも怪しかったけれど、水池さんの声が返ってくる。

「あれやな、抜けそうな歯」

「は？」

「触らん方がいいってわかっとるのにぐらぐらするから、ついずっと触って、気にして……そんな感じ」

「……ふぅん」

変な例え話なのに、するすると耳に入ってきてどっこいしょと心の中に座り込んでくる。

片思いがまるで、私の知り合いみたいに。

「寝ていい？」

もういいだろと言外に私を除けている。

「……おやすみ」

どう距離を詰めればいいのか思いつかなくて、不承不承、打ち切る。

いや話したって、分かんないけど。気持ちはよくないけど。

頭に熱が滲み、目は冴えすぎて、もう一生眠れない気がした。

だからもう走り続けるようにずっと話していたかった。止まったら、死にそうで。

でも止まらないまま、どこを目指せばいいのかも見えない。

道を踏み外して転げ落ちることしかできそうもなかった。

知らない。

私は、今のこの気持ちを表現できない。

水池さんが簡単な料理を見ても凄い凄いとしか言えないように、私もまた、知らないのかもしれない。

水池海に向ける感情の正体を、経験したことがないから分からない。

だから、なんだこいつ、なんだ私としか思えない。

その疑問の深さは、いつまで沈んでも足がつかないほどで。

「……終わってる」

このままだと。

水池海に沼まで足してしまいそうだった。

『風二つ』

思い返してみると。

朝も昼もいつも通りに過ぎていったのに、その夜が来た。

歩く道すべてがしっかり舗装されていると信じ切っていたように、足下も見ないで、派手に引っかけて。

派手にすっ転んで身体(からだ)が宙に浮いている間、私はなにを考えていたのだろう。

……思い返すと。

この日から、私と、あいつが本当に歩き出したのかもしれない。


休日に困る。家のことを一通りやり終えて、残る時間の始末に。

平日は学校と家事に追われて暇がないとぼやいては忙しさを恨めしく思っているのに、いざ時間を与えられるとそれを潰す方法に悩む。なにか買いに行くか、いやでもなぁと財布の中身を憂いて、どこか出かけるか、いやでもなぁと怠惰が腰に抱きつく。

友達は休日なにしてるんだろう。テレビでも見るかと思っても、居間には賑(にぎ)やかな二つの声。

そこに並ぶ気も起きなくて結局、自分の部屋で足を伸ばして座り込んでいる。

同年代の貴重な休日風景は、実は目の前にあるのだけどいつものように教科書を開いている。

私も倣って勉強する？　ははは、と一笑に付した。

七月の頭が見えてきて、温度と湿度は増す一方だ。首を振る扇風機の音を聞いていると、水が滲むように意識が時々揺らぐ。訪れだした夏はいつもと同じようで、でも、今年は違う。

もしかすると、目の前にこうして誰かのいる夏はこれが最後かもしれないのだ。

いや最後になる……ならないと、おかしいんだけど。

来年も、水池さんがここにいる？

どうなんだろ、ってもうすぐに否定することはできなくなっていた。

本心は赤く腫れていて、触ると痛むから向き合いづらい。

高校生なんて大体そうだって、友達との接し方を振り返って感じる。私も友達も、心を隠しながらそつなくやっている。そっちの方が基本、人とは上手くいくと思うのだ。

でも上手くいくのと、こうありたいって願う形が一致するとは限らない。

そういう相手がもしできてしまったら。

できたとしたら。

私は、腫れた本心をその相手に見せつける、気持ちの悪い女になるのだろうか。

「…………」

ぼーっとする以外は、水池さんを見るくらいしかやることがない。

でもそこに時間をすべて費やすのは、とても難しい。

できるできないは、置いといて。

その水池さんをじっと見て、口が開く。

「休日って、なにすればいいと思う？」

携帯電話を確認していた水池さんが、急に話を振られたためかびくっとした。

ちなみに、わざとだ。

電話を見ているのを見て、どうでもいい話題を振ったのだ。

「好きなことすればいいんじゃない」

「特にない」

こんな内容で声かけるなよ、って私なら思う。実際、返事なんてどうでもよかった。

ただちょっとだけ、気に入らなかったっていうか。

ちょっとじゃなかったかも、っていうか。

「じゃあ、休む」

迷った末、水池さんは反芻でもするようにそのままな回答を出した。

「……ふむ」

それでもいいか。横になったら眠れるくらいのぼやけは感じていた。

朝に畳んだ布団を敷いて、掛け布団の上に座る。

「寝る」

宣言して横になる。幼虫みたいに身体を丸めて、目を瞑った。

「おやすみ」

遅れて、そんな声が後頭部を撫でた。

「……なさーい」

水池さんに背を向けて寝ていてよかったと、少し思った。


試験で酷い点を取ってどうしようと途方に暮れたけど、今日は休日だったはずだと思い出したあたりで目が覚めた。あつい、と音のない声がまず漏れる。

喉が渇いていて、じっとりした汗を額に感じる。夢で見た嫌な汗か、単に蒸し暑いから浮かんだのかどっちだろう。今何時かとか、寝る前のこととかがはっきりしてこない。

目を開いたまま、大人しく少し寝ていた。

やがて意識が晴れてくると、視線の先に水池さんの腰回りが見えた。

「…………」

シャツがかかって、少し曲がっているだけで、それだけなのに。

なんか、隙だらけだから見てしまう。

大きめのシャツの端から少しだけ覗ける短パンと、控えめなお尻。それだけ、と思いつつ舌が頬の内側に触れるくらい、布団に埋没しながら見つめる。ただ、見ているだけ。

一緒の部屋で生活しているから、直接目にする機会もある。

直視できなくて、いつも顔を伏せてしまうけど。

女子の着替えなんて、他の人のは見たってなんとも感じないのに。

『他』じゃないのか、水池海は。私にとって、他じゃないとしたら、なんなのか。

なに人なのだろう。ふわふわして、適切な文字が見つからない。

なに人になっていくのだろう。

「あ、起きた」

目の端に私を映した水池さんが気づく。視線の先をそっとズラしてごまかすと、自分の足が自由に伸びていることに気づいた。

「ごめん、はみ出してた」

寝返りを打ったらしき足が水池さんの領土を大分侵攻していた。水池さんはその足をじーっと見下ろして、「全然いいけど」と摑んで丁寧にこっちへ投げ返してきた。丁寧か？

「少しいいやつに見えてきた」

あたしが？　と言いたそうに水池さんが首を傾げて。

「よくはないよ」

少し考えた末に、捻りなく否定する。暇さえあれば教科書を開いているし、実は生真面目なのか？

「それに元は星さんの部屋やし」

「それもそうだった」

起き上がる。それを見て、水池さんが扇風機の首振りを再開させた。寝ているときはこっちに風が来ないようにしていたらしい。あー……乾燥するからよくないんだったかな？　うろ覚えの知識なので正解かも分からないけど、水池さんが私を思いやっての行動だとしたら、なに、やっぱりいいやつじゃん。髪を何度も撫でつけて、自然に俯いて照れる気持ちに耐える。

話が途切れた後、水池さんはまた電話を取る。昨日からそうだ。時折、連絡でも期待するように電話を確認しては無言で戻している。

呼び出されるのを焦がれるみたいに。

今週は一度も夜中に外出していない。それに安堵するようなこの気持ちは、なんだろう。そしてその次に焦るようなこの心境は、なんなのだろう。最近の私は、今まで使っていなかった内臓がもう一つ増えたみたいに反応が激しい。

いくら寝ても落ち着くことのない、燃え続けるなにかを抱いている。

「水池さんって、学校でどうしてる？」

どれくらい眠ったか時計で確かめながら、なんとか会話を試みる。

「どうって？」

「休み時間とか」

「ぼーっとしてる、かな」

「そう……」

会話がすぐに終わりそうで、休み、大きいの、昼休み、と繋ぐ。

昼休み……どうだろう。

「今度さ、昼休みは一緒に食べない？」

私の、精いっぱいのお誘いがこれだった。

「あたしと？」

水池さんが目を丸くする。

その確認には言外に、自分を取り巻く噂についても触れている気がした。

私にいい評判をもたらすとは思えない。むしろ学校で窮屈になりそうで。

水池海の噂を反芻しながら、それでもいいかって気持ちを投げるように思った。

「うん。一緒にさ」

もう一度、手を伸ばす。水池さんは少し俯くようにしながら、小さく頷いた。

「ええけど」

「あ……」

芽吹くような喜びを悟られないように、ゆっくり、静かに、呑み込んでいく。

ふぅふぅと、前歯の裏をくすぐるような吐息が漏れる。

感情と心臓の鼓動が歩幅を合わせて、身体中を駆け巡っていく。

「水池さんって好きな食べ物とかある?」

「肉」

「ちょっきゅー」

水池さんが歯を見せつけるように、がぁっと口を開くのを見て笑う。

また水池さんに一歩踏み込んで、それでもまだまだある距離を、埋めていきたい。

離れたいとか、出て行ってほしいとか、もうそんなのがどこにもなくて。

まったく逆を願うようになった私は、順調だ、なんて思っていた。

日が昇っている間は。

そして、夜が訪れた。

いつもの夜だと思っていた。でもそれは私の時の流れが感じているだけで。

水池さんは、そうでもなかったらしい。

呑気に過ごしていてふと、隣を見たときだった。

体育座りの水池さんが携帯電話を見るだけじゃなく、操作していた。慣れていない指使いで、なにかを送信するように。目は真剣で、いつもの薄暗さに淡い光が宿っていた。

子供が綺麗なものを見て、言葉を失いながら引き寄せられるような表情だった。

私もまたそれを眺めて、心に暗い雲がかかっていく。

だってそんな顔、私には絶対向けないから。

いつも淡泊で、おんなじような顔で平坦で凪で、なにも感じてなさそうで。

それだけなのに、それだけでも、こんなにって胸元を握りしめる。

そういうものを向けてくれたら、どんなに、満たされるだろうか。

「あっ」

そのときの、水池さんの開花するような喜び方が、一つの分岐だったのかもしれない。

私の顔と心に斜線が走る。

痛みはなく、けれど血の噴き出す感触があった。

それは、返信の音だった。その音と画面に、水池さんの喜びが弾けたのだ。

「出かけてくる」

意気揚々、蘇ったようにはつらつとして水池さんが化粧道具を抱える。

もしかすると。

今回は、自分から会いたいって言って、出ていくつもりじゃないんだろうか。

その推測が、私のなにを刺激してしまったのだろう。

視界がぶれる。緊張と、焦燥と、恐らく、嫉妬で。

天井と壁がぐるぐる回ったまま、声もまた回転する。

「あのさっ」

何度か、何度も使う言葉だけど、今回が一番指に力がこもっていた。

大きな声で呼び止められて、水池さんが驚いたようにびくっと立ち止まる。

「どうかした？」

焦るように足踏みする姿を見上げて、私は。

私は。

「行かない方が、いいんじゃない」

心が、その肩をぐっと摑んでしまう。

分け合った領土へ、明確に足を突っ込むように。

昼寝で飛び出した足が、かたかたと小刻みに震えながら引っ込もうとしない。

「なんの？」

疑問が曖昧なのは、相手も困惑しているからだろうか。

「どこ行ってるの」

水池さんを無視して質問をぶつける。その水池さんが、軽く息を吐いて。

「それ、星さんに話す必要ある？」

ないよ。

ないから、ないけど、そんな理由以外で、今引き止めたい。

気持ちは理由をもう理解しているから、私を置き去りにするように勝手に動く。

「噂、いっぱい聞いてるんだけど」

いつもよりしつこく食い下がってくる私に、水池さんが面倒くさそうに目を逸らす。

「あたしは知らん」

「嘘だよ絶対」

「じゃあ知っててなに？　あたし、急ぎたいんやけど」

声がどんどん不機嫌になっていく。まずいって耳が震えている。

でも、ここで顔を伏せていることはできなかった。

「悪いこと、してるんでしょ」

見上げて、水池さんを睨む。水池さんは舌打ちでもするように吐き捨てる。

「うん。でもそれは星さんには関係ないから」

床に手をつき、顔を前に突き出すようにしながら訴える。

「やめた方がいいって。絶対、よくない」

「知っとるよそんなことは」

「思ってたらやめるでしょ。思ってないって！」

「あの、なに？　なにあんた」

苛立つように声が早い。ああ怒るんだ、怒ってるんだって、こんなときに変な感動がある。

気に入らないことも、嬉しいこともちゃんと表現できるんだって。

でもその気に入らないのしか、私に向かないことに、心が引きつる。

「だって、危ないし……嫌だろ、だって」

言葉がくるくる回って、続きが出てこない。

その間にも水池さんは憤りながら出ていきそうで。

だから私は、それらしく振る舞ってでも時間を稼ごうとする。

「友達なら、心配するじゃん」

嘘ばっかりの薄っぺらい理由だった。友達だからなんて、心にもない。

ただ行かないでほしいだけだ。

だって行ってしまったら、私の知る水池海ではなくなるのだ、きっと。

それを夜が明けるまでずっと想像し続けて、私の頭はいつか壊れてしまう。

いやもうおかしいんだけど！

おかしいけど、おかしいくらい、のめり込んでしまっていた。

水池さんは入り口の方を向いたまま、しばらく立ち止まっていた。

その肩に、背中にしがみつけばいいのか？

でもそんな関係じゃないって誰かが言っている。

そんな関係ってなんだよって、ずっと、答えを探している。

「星さんの言ってることは正しいと思う」

夜を纏う背中から、冷めた声が返ってくる。

「で、その正しさはあたしになにをくれるん？」

突っぱねるような問いかけに、一瞬、答えに窮する。

私が水池海に与えられるものって、それは。

羞恥と捻くれと十七歳が、それを直視するのを拒んだ。

そして。

「なんもくれんのなら、あたしは間違ってる方に行くわ」

そう言って、伸びた影と共に水池さんが財布を摑み、化粧道具を放り出して足早に消えていく。

「お出かけ？」

呑気な声を振り切る、肩で風を切る音が見えた気がした。

「ここでトンファー渡せばよかったかなぁ」

気づけば私も部屋を出ていた。水池母が居間に転がっていて目が合う。

小芝居でもするように腕がわちゃわちゃ動いていた。

「待てよこれ持ってけ……あらぁ、二人目」

「あの、娘さんは」

「勢いよく出てったわねぇ。無視されたのも久しぶり」

水池母が跳ね起きる。起きているのを見ると、本当に顎の線や肩が細い。

繊細で、触れることさえためらうくらいに整っていて、あの子の母親だって感じた。

「追うなら急いだ方がいいよ。大丈夫、あの子よりあなたの方が大きいから」

「え……追う……追う……のか」

それ以外に自分が急いで部屋を出た理由が思いつかなかった。事情もろくに知らないであろう……と思ったけど隣の部屋で騒いでいれば内容も筒抜けか。水池母は朗らかに、そして無責任に私を煽る。

「どっちも急いでるならぁ、足の長い方が勝つよね」

うんうんと楽しそうに納得している。なんなんだこの人……と冷静になりそうだった。

うちの母親がいつの間にか出かけていることにも気づくくらいには。

「ほら行こう。きみがそう感じたならね、そう動いた方がいいよ」

口調はあくまで優しげに穏やかで、慌てることも荒ぐことも知らないように思えた。

　この人は、娘を止めない。だから当然のように私のことも止めない。

「あの子、携帯電話忘れていったから。あれ見ればどこに行くか分かるよ、多分」

　水池母が私の部屋の、開け放した扉の向こうを指す。振り返ると確かに、布団の上に放り出されたというか取っ組み合ってぶん投げられたケータイが転がっていた。

　でも人のだし、と躊躇う。後をつける行為は棚に上げて、善良さが立ち塞がる。

　食い逃げはいいけど人殺しは駄目だみたいな。

　それは正しいんだけど正しくない判断なのだけど。

　いやそもそも、夜に駅で見た、って前に椎名が言ってたな。

「いや……見なくても、多分分かります」

「それなら気軽に追えるね」

　追うことは決定しているらしい。どうなんだ、って自分の胸から上に問う。

　……決定している、らしい。

　引き返して、電話を無視して、財布だけ摑む。

「戸締りお願いします」

「いってらっしゃーい」

　声も手の振り方もふわふわで、頼るべきものはそこにない。

　アパートを飛び出して、大股で階段を飛び降りて、地面を跳ねるように蹴飛ばす。

心臓と手首が繋がったように派手に脈打ちながら駆けていくその感覚は、身体のすり減るような必死さはいつ以来だろう。駅までの最短の道を考えず、迷わず、足と視界が選んでいた。研ぎ澄まされて、削れて、消えてしまいそうなくらいに尖っていく。

これが真剣ってことなのかと、生まれて初めて知ったかもしれない。

狭く迫ってくる壁に肘を打ち、髪を擦られながらも止まらない。

たとえあいつが大通りを懸命に走っていったとしても追い抜けるだろう。

だってずっと、こんな道を抜けて生きてきたのだから。


「あ、電話忘れた……」

電車に乗ってから、財布しか掴んでいない手に気づいた。いや忘れたんじゃなくて、星さんとちょっとあってあの後、わぁっと忙しくなって財布だけ持って飛び出したから……戻るわけにもいかんし、と車内を振り返る。

電車はもう駅から離れて、平坦な夜の景色を裂くように走り出していた。

これでチキさんの都合が急に悪くなって、或いは気まぐれで面倒になって来なくなったら、あたしはそれを知るすべはない。ずっと駅に立ちぼうけて、馬鹿みたいにあの人を待つんやろうか。他にやることもないし、やりそうやなって他人事みたいに思った。

「いや違う……違うな……」
やることないんやなくて、やりたいことがそれだけなんだ。
あたしあの人大好きやもんな。
あっはははっはと顔動かしもしないのに、お腹だけが笑っていた。
おかしかった。
友達。
久しぶりに、そう言われた。
お金も絡まんのに多分……心配でもしてくれた人から逃げて。
自分をお金で買ってくれる人に会いに行きたいんだから。
「終わっとるわ」
掴んでもいない電話を手のひらに見る。指が、震えながらゆっくり曲がる。
会いたいって、初めて言った。
そう訴える自分の心を止められなかった。
会って、見て、聞いて、触れて、感じて、五感が溺れたがっている。
その花の香りの中で。
まるでそれを夢の中で願っているように、意識が、ぼうっとしていた。
窓ガラスに手を寄せると、夜に触れているみたいだ。

夜はほんのりと冷たく、心細さに吐息を吹きかけるようだった。

「……………………」

星さんに言われたことで案外、心がべこっとへこんでいるらしい。

傷つくというよりは、疲れた。

今までのあたしは、誰かになにか言われたら受け入れていた。そうやな、そうやなって。考えもしないで、中身もどうでもよくて、なにもかもおっ被るように。でも星さんにチキさんとのことを否定されそうになって、あたしは腕を大きく振り回したのかもしれない。

今の自分に、他のなにかが入ってきて変えられないために。

難しいんやな、自分を維持するって。

ああでも、前にもそんなことあった気がする。

チキさんに初めて会った日を思い出す。あのときも、誰かを否定して、どうしたらいいとかずっと考えて俯いていた。そこでチキさんに会って色々ごまかされて、半年くらい割と救われてきた。

でもふと一人になると、取り巻く現状がなんも変わっとらんことに気づかされる。

あたし自身は粉々で原型なくなるくらい変わってしまった気がするけど。

電車を降りて、階段を上がり、改札に向かう。駅の景色は帰宅途中の会社員が大半を占めていた。みんなは帰り、あたしは進む。疲れた中にも安堵した雰囲気を顔に、目と頬に柔らかさを宿している人が多い気がする。やっぱり帰るっていうのは、とてもいいものらしい。

あたしはどんな顔して帰ろうなぁって、ちょっと悩む。

改札を通って、すぐに立つ大きな柱に寄り添う。チキさんと待ち合わせるときは大体ここだ。行くホテルの場所によって少し変わったりもするけど、今日は電話がないからその連絡があったところであたしに届かない。来てくれるかな、って惚けた意識が危機感なく怯えた。

一度気まぐれで飽きられたら、多分終わってしまう関係。

そんなものにしがみつこうとしているのだから、あたしは、不幸になるしかないのかもしれなかった。

時間も確認していないから、どれくらい待ったのかはわからない。

ただ、構内を行く利用者の顔ぶれが二回くらいは大きく変わった気がした。

それくらいの時間を、帰るという答えなく待ち続けていた。

「ごめんね、ちょっと遅れた」

あたしを粉砕してしまった女の声が、小走りで近づいてきた。

その声に耳の端を切り裂かれるような痛みが走り、それでも今は無頓着でいられる。

顔を上げても尚他人事めいていたけど、さすがにその変化は見逃せんかった。

「わふく」

今日のチキさんは……何色やこれ……淡い青緑な感じの和服でやってきた。髪もいつものゆるふわと違って上で纏(まと)めている。変な髪飾りもつけとって、いつもと雰囲気が大分違う。

普段から大人なんやけど更に整っとるというか……ぼんぼりを見つめているような気分になる。いつもは月の光みたいで、今は丸くぼんやり明るい。なんか、自分でもよくわからん話なんやけど。

一瞬、なんで自分が沈んでるのかも忘れそうになった。

「あ、これ？　日野(ひの)さんの家にご挨拶に行った帰りに、そのまま来たから」

「ひの？」

「おっと」

チキさんが口元を手で覆う。珍しく口を滑らせたらしく、露骨にすぐ話題を変えてきた。

「ウミちゃん、和服の脱がし方分かる？」

「知るわけないでしょ、そんなの」

チキさんの冗談に掠(かす)れた笑いが漏れる。声はその笑いと別の振動で揺れていた。

「ウミちゃん？」

「忙しかったなら、すいません」

仰々しい、でええんか。特別な格好で現れたチキさんに萎縮するように謝る。今日会う予定なんて向こうにはなかったんだろうし。

「忙しくてもウミちゃんにならら毎日会いたいなー」

「……はは」

隠す気もないお世辞でも、そんなに悪い気はしない。きっと、気分が沈んでいるから。

だからこれ以上低くならない。

ああでも、これからは、楽だ。

「おや？　今日はなんだか」

チキさんがあたしの顔を近くで確かめてくる。結局、なんも用意しなくて出てきてしまった。

なんなら格好まで部屋着で、一緒にいるだけで恥をかかせてしまうかもしれない。

せっかく会えたのに、消えたかった。

「化粧とかろくに、あの、してこなくて。ごめんなさい」

「そっちじゃなくてね」

この後チキさんとホテルに行って、されるがままにしてれば。

なんも考えんで済む。

「じゃあほら、行きましょ」

だから、あたしは。

「行きませーん」

「は？」

チキさんがあたしの手を先に摑み、留まらせる。チキさんは力強くきょろきょろして、「よしこっち」とあたしを連れて歩き出す。行きませんと言いつつ、足はぱたぱた忙しい。

「チキさん？」

「前にも言ったかな、覚えてないや。投げやりな子抱いても盛り上がらないでしょ」

和服の見慣れない背中がどんどん進んで、あたしは凧(たこ)みたいに引っ張られていく。

投げやりと言われた頭と視界が、力なくぐらぐら揺れていた。

「ま、そういう子をその気にさせるのもお楽しみではあるけど」

それはそれで、と白い歯を見せて言われた。言われても困る。

グッと握りこぶしまでくっついている。知らへんって。

「なにかあった？」

「え」

前を向くチキさんの声は、いつものように穏やかなものに戻っていた。

「だってウミちゃんから会いたいなんて、普通は行ってこないでしょ」

「…………………」

そこはチキさんも少し見誤っている。

あたしがこの人を求めたのは、落ち込む前だ。だから、そっちはあまり関係ない。

あたしはもう、常日頃からどうかしている。

でも落ち込んでいる感じは確かにあるので、変化を見抜かれてもいた。

「わかりやすいですか、あたし」

「他の人はどうかなー、ウミちゃん大人しいし」

だけど、とチキさんが白い歯を見せる。

「ウミちゃんの色々な顔を近くでいっぱい見てきているからね」

そう言うチキさんが得意気で、その物珍しい口ぶりに意識が吸い寄せられるのを感じる。格好や髪型の違いもあってか、今日のチキさんは……新鮮？　新品？　違う一面が見られて別の感覚を味わっているのをなんて表現すればいいのかわからん。このへんに学のなさが出てくる。でも良い話みたいにしてるけど、見てる場所と見せてる顔を冷静に考えて、「はぁ」と大きく息が漏れる。

「よかった」

それだけで胴に詰まっていたものが抜けて行ったような気がした。

チキさんがそこでなんでか笑う。

「なにが？」

「いいの。それより食べたいものある？」

ああ、なにか食べに行くんかと今やっと知った。なんも知らないのにただついていく。

一番肝心なものがずっと繋がっているから他はなんでもよかった。

「……もう晩ご飯食べたから、軽いもので」

「うん、じゃあそこ出たとこのラーメン屋さんね」

聞いたんなら聞けや。


あいつは電車の中で、ぼーっと夜を見ていた。

私はじっと、あいつを見つめていた。

追いかけて、見つけて、別の車両に乗り込んで、また追って。

やっていることは間違いなく正しくない。

私もあいつも、間違っている方にどんどん踏み出している。

そうして待ち続けていた水池さんの前に現れたのは、私の予想と大分違う相手だった。

『ちきさん』がどういうやつか、色々と想像はあった。彼氏とか……金銭のやり取りでもする相手とか……とか、ぼやかすのも限界があるいかがわしいやつが出てくるかと思っていたのだ。

そうしたとき、私はなにをすればいいのか。飛び出してなにが解決するわけでもなく事態が混迷するだけだとしても見過ごしていいものかとまだ見ぬ相手に葛藤していたわけである。

それが、やってきたのは和服の美人だった。

美人の前に凄いとかとてもとか、そういう言葉がつくくらいのだ。歳は私たちより少し上に見える。距離があってやり取りは分からないけど、和服美人の方が水池さんの手を取って先導するようだった。水池さんは最初浮かない調子だったけど、途中から肩の力でも抜けたように淡く笑っていた。私はそれを、隠れながら通り過ぎるまで眺めていた。

その笑い顔は、私が水池海に沈んでしまうきっかけとなったものと同じで。

なにに向けてそう笑うのか、笑っていたのか、分かってしまうのだった。

『ちきさん』だ、こいつが。

どういう関係なのか。友達ではない。そこは断言するけど、そういう雰囲気ではない。二人の間にその空気の色が見えているような気さえした。単なる意識過剰なだけかもしれない。

あたしの好きな人。

それはどういう意味を含んだ『好き』なのだろう。

そもそも、好きに種類なんてあるのか?

距離を置いて追いかける意味を見失いながらも足と心は踏み出して止まらない。

恥ずかしいやつだ、とても。今こうしている間も頬が熱い。

でも、でもだ。でもが口から何度でも溢れては、後ろ向きな動機に行動力を授けてくる。

唾の味に、どんどん苦いものが増えていく。

追いかけるのは簡単だった。水池さんは、目の前の和服美人しか見ていないからだ。

他のものなんて、心底どうでもよさそうだった。

駅を出た二人は緩やかな坂を下りてラーメン屋に入っていく。その照明に溶け込むように吸い込まれて行く二人を見て、なんだよって気持ちが芽生える。

私の晩ご飯だけじゃ、物足りないっていうのか。

そんなことが変に引っかかる。そこか？　と思うけど、そこなのだった。

ビルの一階、黄色い屋根のラーメン屋はさして広くないし、入っていったらさすがに見つかるだろう。だから二人が楽しく食事でもしている間、私は外で待っていないといけないのだ。

こういうのを惨めと言えばいいのか。自分の二の腕を抱くように撫でながら、目を逸らす。

こんな時間に、都会の夜の下に立っているのは生まれて初めてだった。

地元しか知らないのに、好きじゃなかった。いつか、出ていきたいと思っていた。

今そのいつかは勢いに乗って当たり前のように訪れている。

「……なんだ」

簡単なことだったんだ。

昼はあんなに暑いのに、夜はその暑さがどこに息を潜めたのか。温度が散り、湿度だけを残す夜霧のような空気を吸い込む。壁に後頭部をごりごり擦りつけながら、渇望した空を見る。

「…………………」

ただの夜だった。

夢の先に思い描いた現実が待っているとは、限らない。

ラーメン屋にやや場違いな格好の人が入ってきたことに注目が集うのを感じる。チキさんは特に匂いがこの店と合ってない気がする。いつもの花の香りと、店の濃い味噌の匂いが調和するはずもなかった。しかも汚れたら明らかに困る格好で、チビの女の手を引いてると来る。

勝手にストーリー作られてもおかしくなさそうな取り合わせだった。

「なんか、怪しくないですかあたしたち」

「ん、そう？」

席に着いてから、チキさんはなにも気にしないようにメニュー表を取る。メニューの表面は油らしきものが固まってやや黄ばんでいた。チキさんはそれを平気そうに摑んでいる。

「疑われたら姉妹ですって言っとこうかな」

チキさんがこちらを一瞥して、にこっとする。姉妹……あたしとチキさんが。

「似てます？」

「顔が似ているから姉妹なわけじゃないでしょ」

「……そこが駄目だとあたしら他に一切なんもないんですけど」

「ふむ」とチキさんが目を泳がせる。注文に悩んどるのか他のことなのかわからん。

「じゃあ恋人って言うことにしよう」

からっとした調子で言われても、その、困る。舌の根っこが痺れた。

「あながち嘘ってわけでもないし」

「……嘘ばっかりのくせに」

でも姉妹よりは恋人の方が……なに比べとるんや、あたしは。

店で一番人気と書いてあった味噌ラーメンを二つ頼む。食べきれるかな、と服の上からお腹を撫でる。その指が感じるものから、星さんを思い出す。星さんと……星さんとなんだ。

同年代と一緒に暮らすのは珍しい……というか、初めてだから未経験の困惑が多い。

そうやって片方の手は星さんを連想して、残るもう片方の手は温かい。

「あの、手」

ずっと握られているそれを弱く指摘する。チキさんはその手を掲げる。

じいっと見つめてくる。

「今度は怪我してないね」

安心したようにチキさんが手を離す。自由になってから、自分自身でも指先を見る。

とうに剝がれた絆創膏の下には傷も目立たない小ぶりな指。

その関節の溝には、まだチキさんの温もりが留まっている。

自然と、握りしめる。

「それで、なにがあったのかな」

あたしの顔を覗き込むようにしながら、チキさんが窺ってくる。

黙っていてもどうせ顔色でわかるだろうからと、こちらから話すことにした。

あたしになにかあったと思って会いに来てくれたかななんて、都合のいいことを考えながら。

「嫌なことっていうか……ちょっと、喧嘩した……かも」

「喧嘩？」

「今いる家の子と……」

「ふぅん」

喧嘩、だと思う。言い争い？　一緒か。星さんは善良な思考からあたしを……心配したんやとは思う。つまり、いいやつだ。いいやつと、なぜかあたしは喧嘩した。悪いやつともするし、あたしはひょっとして短気なのだろうか。まぁ、大体あたしが悪い。

帰ったら謝った方がいいんだろう。

どこの部分に謝ればいいのかわからんけど。

チキさんに聞いたら、教えてくれるんだろうか。

なんてぼんやり悩んでいる間、チキさんは声をかけてこない。目で確かめると、チキさんはただラーメンを待つように座っていた。視線に気づいて、ゆっくりあたしの方を向く。

「なぁに？」

「いや……なんでもないですけど」

話の流れというものに従うなら、ここで途切れるんか、と思ってしまう。予期していたああでこうでがなくて空ぶった腕の置き場に困っている。チキさんはそれを踏まえたように言う。

「興味はあるけど、人に話したいなら自分から言うかなって」

話したいなら聞くよ。そう腕を広げて受け入れ態勢作られても、素直に飛び込みづらい。話せって命令してくれた方があたしは楽だ。それがわかっていて、チキさんならしない気もする。チキさんはそういう服従をあたしに求めていない。それはこれまでのこともあって明確で、あたしの自発性を促すという……そんな教育的意図があるとは思えんけど。

結局、あたしはこの人の胸の内をなんも知らんのやな。

……当たり前か、話しとらんし。

あたしも、そうだ。

「その子はチキさんと会うのやめとけって」

「へぇ」

唇の端が吊り上がって、楽しそうだ。

「あたしがどこ行くか……勘違い大分入っとるやろうけど、不純だからよくないって言われました」

「勘違いじゃないね」

チキさんが小指を唇に添えるようにしながら、くっく、と肩を揺らす。実に楽しそうだ。

「不純極まりないもの」

「そうなんですけどね」

お金のやり取りがあるのも事実やし、その見返りに身体売っとるのも本当。

でもあたしはもう、それだけじゃない。それだけで動けていたのはいつ頃までなんやろ。

チキさんは、会ったときから変わっとるように見えん。

「良いこと言う子だね、女の子？」

小さく頷く。

「同い年の」

同じ学校に通っていることはなんとなく伏せた。教えたところでなんも起きんやろうけど。

チキさんは和服の袖を直しながら、ずっと口元が緩んでいる。楽しいところあるのか？

「女の子と一緒に暮らしてるんだ……楽しい？」

「楽しい……いや、べつに」

そんなこと聞くのは、あたしにちょっとくらい関心……星さんに嫉妬……都合のいい発想が頭の周りをくるくる走り抜ける。そんなわけがない。

「会うのやめる？」

夢見がちなあたしを、言葉がためらいなく貫く。

額の皮でも摘まれるような勢いで顔を上げると、チキさんはいつもと変わらず柔らかく笑っていた。

「いや言われてみると悪いことだと思って、だからウミちゃんが曇ってるのかなと」

表情は変わらないよう、なんとか努めながら。

焦り（あせ）を少しでも悟られないように、祈って。

べつに、と舌の先だけが少し動く。

「悪いことなんて最初からわかってますし」

「でも人に言われるとまた嫌なものじゃない？」

そうかもしれない。後ろめたさと並び立つような、不安定な気分。

悪いことを胸張ってできる度胸もないのだろう、あたしは。

「べつに」

「そっかー。じゃあ、会ってもいいね」

そう気軽に結論を出すチキさんが、嬉（うれ）しそうに見えるのはあたしの眼球がもうそういう仕様になってしまっているからだろうか。

「あ、はい……」

はい。はい、はい、はい。内心、何回も犬みたいに擦り寄っては尻尾を振っていた。

チキさんは犬になったあたしを喜ぶだろうか。

案外、興ざめしてしまうかもしれない。

「でも一緒に暮らす子とは仲良くやりたいよねぇ。いい子みたいだし」

「はぁ……まぁ」

星さん。あたしに声を荒げるのは、今までの人と変わらん。

でも、怒り方の質がまったく違う。

友達とも言ってくれる。

勝手に住み着いたあたしを、友達と思ってくれる。

あたしを疎む様子も今はないから、すごいお人好しなのかもしれん。

裏なんてまったくなさそうで、言葉はお互いに少ないけれど、気持ちのいい人だと思う。

「友達には、なれそうな気がします」

珍しく。とても、久しぶりに。

いいやつなのを疑わなくていい相手は、もしかすると星さんくらいかもしれない。

チキさんはいい人なんやけど、こう……いい人なんやけど。

疑わないといけないものは、少なくない。疑いながら、信じ切っている。

その矛盾があたしを揺らし続けるのだ、多分。

「へー」

チキさんの声が少し投げるというか、適当に聞き流しているように思えたのはあたしの願望だろうか。この人に出会って、好きになったことがあたしにとってあまりに都合よすぎて、それ以外のことも調子に乗って自分寄りに考えてしまうのかもしれない。

ラーメンのどんぶりがあたしとチキさんの前に仲良く並ぶ。店の背景はあんまり馴染(なじ)んでないのに、ラーメンを前にした和服のチキさんは意外と収まりがいいように見えた。美人というだけで大体の空気を従えてしまうのは、なんていうか、ズルい。

ラーメンはモロコシがいっぱい浮かんでて、その黄色に目がじっと吸い寄せられる。味噌(みそ)スープに混じるその色が、星(ほし)さんの髪の明るさに少し似ていた。

「チキさんって、あたしに命令せんのはなんでですか？」

仕向けて、あたしから自発的に『させたがる』のは好きやけど。

回りくどくて、面倒じゃないんかそんなの。

チキさんはどんぶりと自分の座る位置を調整しながら不思議そうだ。

「してほしいの？」

「んなわけないですけど……でも、なんか」

そうされて当然の立場だから。

ラーメンの湯気を見つめながら、チキさんの口元が緩む。

「じゃあ命令しようかな」

「はい」

「割り箸取って」

「はい」

取った。チキさんは割り箸を割ってラーメンに向き合った。

「いただきます」

「……ふ……ふぇ」

下唇がゆるゆる震える。なんでかわからんけど、気を抜くと泣きそうになる。

ラーメンは、味はあんま覚えとらんけど温かかった。

「晩ご飯食べてなかったから丁度よかった」

「そりゃ、よかったですね」

声が身体に引きずられるように重い。食事を残すという選択は常になかったし、今もそうだった。でもさすがに辛い。汁はちょっとくらい残してもよかったかもしれん。

ラーメン屋の外に出ると、むしろ店内より蒸し暑くてすっきりとしない。

お腹いっぱいか。滅多にないから、なると気が緩みそうになる。

そんなあたしを、チキさんが見ていた。

「なんですか」

「ん、なんとなく」

そう言いながら、あたしの頭を軽く撫でてきた。人にこんな風に気安く触られて、嫌なものを感じない自分に戸惑い、目が泳ぐ。

「今夜は泊まっていく？　えっちなことはしないよ。多分」

「その多分は信用するとこないけど……泊まらせてくれるなら」

すぐに帰って、星さんとまた喧嘩するほどの元気はない。

「じゃあいこっか」

チキさんの手が頭から離れる。夜と違う影が、あたしの額を掠めて消えていった。

来た道を引き返して、駅の方へ二人で歩いていく。坂道を今度は上がる形だ。すれ違うのは、明るく、若い声の集まりが多い。声はその人たちの間を跳ね返りながら、夜と灯りとあたしたちにぶつかってくる。広がる夜空との温度差に、少し体が震えた。

「講義の終わった大学生がいっぱいいなんだよね、この時間」

「こうぎ？」

「近くに大学があるから。この辺、学生街だし」

「へぇ……」

チキさんも昼はその一員だったりするのだろうか。

大学生っぽいなぁとは時々感じるし。大学生のぽさ、詳しくないけど。

並んで歩くとチキさんが大分デカいことを意識する。あたしの身長が低いのもあるやろうけど、デカい。横に目を動かすと、まず視界に入るのは……デカい。

いや背丈の話をしたかったんやけど。

やっぱりお金持ちはいいもの食べてすくすく促成栽培しとるんやろうか。

「あ、おっぱい見てる」

「見てません」

チキさんは呆れるくらい目ざとい。前に指摘したら、『ウミちゃんのことよく見てるから分かるだけだよ』と返されて、単純でバカなあたしはからかわれているだけなのに内心、照れていた。

「見るだけでいいの？」

「みーてーまーせーん。好きにして。聞こえました？」

「いいんだよー、好きにして。これはね、今はウミちゃんのおっぱいだから」

「……本気にしたらどうするんですか、そういうの」

「していいよ」

チキさんがそう言ってにこにこしているのを前にすると、敵わないって感じる。

「チキさんってどんな家の人なんですか？」

普段、あたしはチキさんについて聞かない。知りたいことは山ほどあるから抑えるのは大変だけど、なんとか呑み込んでいる。チキさんの方も極力、あたしの事情には触れてこない。

でも今日は見慣れない格好のせいもあって、つい尋ねてしまう。

「どんな家だと思う？」

案の定、楽しむようにはぐらかしてくる。いつもはここで諦めて話を変えてしまうんやけど。

「え……あー……」

チキさんの格好をじろじろ見る。足元の雪駄も似合っていた。

「掛け軸が飾ってある」

「掛け軸は……あるある。わたしの部屋にはないけど」

「で、高そうな壺もある」

「お高そうな壺は廊下に置いてあるよ。あれいくらなのかなぁ」

チキさんが指折り数えて楽しそうな様子を見ると、なんでか、胸がすっとする。

風穴が空いたような空虚さはなくて……窓を開け放って、涼しい空気を吸い込んだように。

「他には……思いつかん」

「ウミちゃんのお金持ち観は地味だねぇ」

「金持ちの知り合いなんておらんし」

この人以外は。しかしわかってはいたけど、本当に金持ちなんやな。

腰の後ろで手を組んで、はしゃぐように歩くチキさんが言う。

「地下シェルターがあります」

「……え、本気で？」

思わず足を止めるくらい驚く。チキさんは冗談でも口にしたように、軽やかに笑っている。

はー、となる。

もう一つ気づいて、もっかい足を止めそうになる。

「ちかしぇるたーって、なに？」

地下は分かるけどしぇるたーってなんやろ。しぇる……シェル……貝？

地下貝。化石か？　化石は、確かにお金持ちっぽい。わからんけど、お金を感じる。

お金持ち。家が大きくて、自然いっぱいで、色々あって、厳しい。

そんなイメージが柵を作っている。

「立派な家の人で……こんなことしとるの家族にバレたら……大変、じゃないんですか」

怒られると言いかけたけどそれで済むのだろうかと思った。

「んー」

チキさんが少し悩むように唸り。

「とりあえず殴られるかもね」

「なぐ」

思った以上に直接的な結果を口にされて、足が宙を踏みそうになる。

「まずはお腹と頬に一発ずつ、どーんどーん」

冗談めかした口調で虚空に拳を振るう。その拳は具体性を伴うように鋭い。

殴り方をどんな形でも、経験しているみたいに。

チキさんの肌が歪む。苦痛が様々な色を描きながら、形として浮かぶ。

……想像するだけで、胸のムカつきが留まることを知らない。

「そうなったら絶対、殴られる前に逃げてください。絶対」

「……ウミちゃん？」

振っていた拳も半端に、チキさんがあたしの様子を確かめるように目を寄越す。

声が切迫していたせいだろうか。でもその差し迫る心境は途切れない。

「家のこととか、問題とかどうでもよくてあたしの気持ちで、チキさんが殴られるの……嫌だ」

こんなに綺麗で、見ていて胸の中に熱いのがこみ上げるものが台無しになるなんて、あたしには耐えられない。チキさんが女子高生にこだわるのも、案外似たような感情が根底にあるのかもしれなかった。

「うん。……そうする、ありがと」

「礼なんて……」

どこで受け取ればいいのかわからん。

チキさんが少し膝を曲げて、あたしに目線を合わせる。そして、にぃーっと、口が半円でも描くように曲がった。少年みたいな笑い方に面食らっているけど、そのまま抱きしめてきた。

「んー、ん、んー」
堪能でもするような声をあげながら、あたしの背中を撫でてくる。体格の差もあって、覆い
かぶさられるみたいだ。いつもの花の香りに加えて、食べたばかりのラーメンの匂いもほんの
りした。
急だったけど、裸で抱きしめられるときよりは落ち着いていた。
通り過ぎていく周りの視線を少し気にするくらいの余裕はあって、でも、浸る。チキさんの
気が済むまで目を瞑り、身をゆだねる。
宙にでも浮いているような、そんな心持ち。
手首が緩慢に脈打つ度に、温かいものがお腹の中に広がっていくのを感じた。
やがて、満足したチキさんがあたしから離れる。着物の裾の擦れる音が耳に微かに残った。
駅前のまばらになっている駐輪場を通り過ぎ、大きなカラオケの看板がある横の道に入る。
そこはまた別の、緩い坂道になっていた。夜に浮かぶ灯りは、随分と高い位置にも広がってい
る。背の高い建物が増える方へと、チキさんとあたしは進んでいく。
建物が増える代わりに人気を失うその道の途中、小さな階段が見えた。チキさんはその緩い
階段を下りていく。合わせて追った先は、周辺と段差を作るように低い位置に整えられた公園
だった。入り口からすぐに申し訳程度の砂場がある。挟んで、柵と鉄柱が黄色く塗装されたブ
ランコが二つ。中央には幼児のための、とても背の低い滑り台。大人なら台の上に足をかけて

またぐこともできそうだった。遊具はそれだけだ。

後は隣接する建物よりも巨大な木の下に、これまた座高のやたらに低い、青いベンチが一つ。

それだけのこぢんまりした公園。ブランコの向こうにはマンションが何棟も建っていて、みんな似たような形に頭が出っ張っていた。チキさんは砂場の前で足を止める。

「懐かしい、まだあったんだ」

本人以外には見えないなにかを追うように、チキさんが目を細める。

そんな珍しい、隙のようなものを横から見上げていた。

「よく来てたんですか？」

「ん？　んー」

チキさんが困ったように返事を濁す。ああ、まただ。さっきもだけど。

なにも知られたくないんだ。

あたしにも。……あたしにも。

なんで、って叫びそうになった。

「チキさんからしたら、なんもない、ただの、どうでもいいようなのかもしれんけど」

尖り切った感情が、口や喉を破いて出てきてしまう。

「あたしは、チキさんを裏切らんから」

そもそも、裏切るってことが成立するほどに期待されてないとしても。

「だから、もっと信用して……して、ほし……」

声に水気が混じりそうなのが、情けない。このまま続けていたら、暗闇がふやけそうだ。

それを知ってか、しらずか。

「なんにもないことないよ」

「チキさ……」

チキさんがあたしの胸に手を載せてきた。

唐突がすぎて「ひゃ」と思わず短い悲鳴が漏れる。

「ここにあるじゃない、どこを探しても見つからない、たったひとつのものが」

「チキさん……」

人のおっぱい鷲摑み(わしづか)にしたままなんかときめきそうなこと言っとる。

しかも空気読んで言及してないけど、指普通に動いとる。捕まるやろこの指の動き。

そして平然となに微笑(ほほえ)んでんだこの人。

「ウミちゃん」

「あの」

「わたしはね」

「真面目な話するなら、その、胸から離れてください」

「んー」

どこに悩むところがあるんだ。しかも難しそうな顔しながらも決して指の動きは止めない。

ふざけんなーとか遠くを見るとか状況がーとかずっと意識を切り離すようにしていたけど、段々とその指が無視できなくなる。チキさんの指を、意識してしまう。

「………今日は、しませんって言ったのに……」

心臓が耳の外側に移ったみたいにうるさい。吐息が思わず掠れたり、つまずいたりする。

「じゃあせっかくなのでおっぱいの話するとね」

「じゃあってなに？」

「ウミちゃんって身長の割に胸おっきい方だなと常々喜んでいたのだけど」

「……セクハラ。完全なセクハラ」

背はちっとも育たんのに、と身長のことは少し気にしていた。食生活めちゃくちゃやから、さもありなんって感じではあるけど。胸のことは大して気にしとらんかった、少なくとも今まではでは。

「またちょっと大きくなった感じがあるね」

「……知りませんよ、そんなの」

「成長期だねぇ」

にこにこしている。なぜそんな見守っとるような顔になるのか。

「あの、そろそろ離して……お願いします」

なんでこんなことお願いせんといかんのやろう。熱がこもりすぎて頭痛に苛まれてくる。

チキさんは満足したのか、髪と一緒にテカテカしてそうな笑顔で手を離す。振る。

「はい。ごめんね、でも言いたいこと伝わった？」

胸の話しか頭に残っとらん。涙も流石に全部引っ込んだ。

「なんか言いましたっけ」

「ウミちゃんはかわいいねって話をした」

「そりゃどーも」

絶対違う。なんか、結局、ごまかされた感じがある。でも引き返したくない話になっていて、計算かな天然かなと悩む。どっちでも、あたしは負けてるんやろうなと諦めた。

負けから学ぶことはあっても、得るものはない。

次、行こうって切り替えた。

「チキさんあの、話があるんですけど」

歩き出しかけていたチキさんが伸ばした右足を振って、コマのように半回転する。

「どうぞ」

「ちょっと、長くなるかもしれんけど」

「んー、それじゃあ」

チキさんがすたすた、ベンチに向かって歩いていく。そして確認もしないでその夜に半ば溶け込んだベンチに腰を下ろす。

「そこ、汚いかもしれないのに」

「気にしない。服って身体を守るためにあるんだよ」

まったくその通りなんだけど、見るからに高い服でいいのだろうか。……いいのか、金持ちは。やっぱり金持ってる人って強いな、と憧れが輝く。

自分の手のひらを見つめる。あたしの汚れた手も厭わず摑んだチキさんを思い返す。

チキさんがちょっと変わってるだけかもしれない。

少し距離を開けて座ると、チキさんがすすっと寄ってくる。

「…………………………」

ちょっと離れてみる。チキさんは不思議そうに首を傾げたまま、また距離を詰めてくる。そうして隣に来たのを見てあたしもまた、と繰り返してベンチの端まで行き着く。もう逃げ場はない。

チキさんに追い詰められて、観念したようにちょっとだけ笑い声が漏れた。

「なんで逃げるの？」

「いや……どこまで追ってくるのかなって気になって」

ほんの遊び心だった。遊ぶ心なんて持てる相手はこの人だけだから、時々、大事にしたくなる。あたしを取り巻く現実の一部なんて思えないような、澄んでくすぐったい感情の躍動。

チキさんがもたらすそれを、あたしはなにより手放したくないのかもしれない。

「どこまでも追いかけるよ」

「本当に？」

「うん」

「……うそつき」

なんでか、気持ちのいい嘘だった。完全で、混じり気がないからだろうか。

チキさんの和服の袂があたしの腕に載るくらいの距離。

包むように訪れる花の香りに、心が一足早く居場所を見つけていた。

目を疑った。

和服美人は話し始めたと思ったらいきなり水池さんの……胸を、掴んだ。

服の上からとはいえ、堂々と。

さっきは路上で平気で抱き合うし。

水池さんもそれを嫌がるようには見えなかった。

恥ずかしそうにもごもごしているだけで叫びもせず、されるがままだった。

なんだこいつらって思った。

なんだこいつらって！

え、そういう関係……どういう関係⁉　乏しい知識から言葉が飛び交い、８の字を描く。

耳鳴りがする。

夜なのに視界に白い靄みたいなものがかかって、感覚がずたずたになっていく。

世界が正しく伝わらなくなる。

痛みを和らげるための、適切な心の処置が働いていた。


「まじめな話をします」

チキさんから目を逸らさないで宣言する。チキさんもまた、あたしを見据えている。

「どうぞ」

「まじめですから」

「そこまで念押されるほど、普段からふざけてるつもりないけどなぁ」

ふざけてはないんやろうけど、すぐエロ方面に逸れる人だから二回言った。

「質問するんですけど」

「うん」

勢いがこの辺で紙飛行機みたいに降下していく。

「今、付き合ってる人っていますか。男でも女でも」

顔をはっきり見ては聞けなくて、喋りながら視線が下りる。

「いません」

はい、とチキさんが宣誓でもするように小さく手を上げる。

その整った指先をじっと見つめても、正しい答えなんて見えてこない。

「素直な態度だと、それはそれで怪しい」

「どうしろと」

チキさんが珍しく、呆れたように目を細める。纏めた髪型のせいもあっていつもより大人びて見えた。こういうチキさんも心臓の位置がちょっとせり上がるくらいにはええなぁと思う。

思っている場合ではない。

「信じますよ、信じますからね」

「そんな念押ししなくても、ウミちゃんに嘘はあんまりついてないよ」

あんまりと予防線を張るところが、とお互いうふふと目以外笑う。

「ちなみにあたしはぜんぜんついてません」

「いい子だねー」

手のひらを撫でてくる。ええけど、こういうときって頭じゃないのか。

チキさんの指との温度差にぞわぞわする。

「それで、誰とも付き合ってない……なら」

「うん」

そういう話だって、もうわかりやすすぎるだろうか。意識すると、頭が殴られているみたいに痛い。目の端がぴくぴくと震えて、肌も目玉も急速に乾いてくるのがわかる。

自分から、話があるとは言ったけど。

本当に言っていいのだろうかって、今更考えが足りん気がしてきた。

でも足が滑って前のめりに倒れるように、もう止まれない。

「お金を貰わなくとも……あの……あ、いたい……みたいなことを、言ってるんですけど」

まだなにも言ってない。先走って、話が微妙に繋がっていない。

チキさんも目を丸くしていて、こっちを無言で見つめ続けている。

「言ってるんですけど」

「うん」

いたたまれず二回言ってしまった。チキさんは「ふんふん」と適当そうに相づちを打つ。

話の続きを待たれていて、つらい。

でも言わないと、永遠に、気持ちの悪い生き物になってしまいそうだった。

チキさんを見る。

浮かぶ汗に血でも混じっていそうだった。

「あたし、チキさんのこと好きなんです。好きに、なった」
なって当たり前が積み重なりすぎていた。
それを認めるしかなかった。
認めないと、今の自分とあまりに意識がズレて、置いて行かれそうだった。
ばくん、ばくんって。心臓が潰れる度に喉も締まる。
チキさんの瞳孔が収縮したように見えた。光を間近で受けたみたいに。
激しく鳴る心臓が縮み切る度、拒絶に怯える。
月が影に食われるように、光を失う。
それが弾けて、血が全身を駆け巡ると、息を吹き返したように夜景が色づく。
ぱっぱっぱって、電流と火花が輝いているみたいだった。
「そっか、好きかぁ」
「……はい」
嚙みしめるように言われて、俯くことしかできない。逃げたい、耳が血で厚ぼったい。
肌が冬風に晒された後みたいにパリパリと痛い。
チキさんはベンチに座り直して、膝に手を置く。
そうして星でも見上げるように、上を向きながら言った。
声と唇の端と前髪が、斜めを向いて流れていくようだった。

「すごくうれしい」

カエルみたいに飛び跳ねそうな心を押さえつける。

「絶対嘘だ」

「もう。なんですぐ決めつけるかな」

ムッと唇と目を尖らせるように細めたチキさんが、あたしの頬を摘む。冗談ではなく、明確に痛みを教えてくるほどに、強く。

チキさんの瞳が、あたしを力強く捉える。

怒っているともまた違うのはわかるけど、言い表せない。経験したことのない視線。

あたしをどう見ているのか、わからない目だった。

「人の気持ちを勝手に決めるのは、失礼に値するよ」

心より先に肩が跳ね上がる。諭すような声の中に、初めて、チキさんの棘を感じた。

梅雨の残滓の蒸し暑さなんて忘れるくらい、すっと、肌と頭が冷える。

怖い。この人に否定されるのが、こんなに心細いなんて。

「ごめんなさい」

「素直に謝れるのは、うん、いいこと。大事にしてね」

「ごめんなさい」

「ね、ちょっと落ち着こ」

そのまま肩を抱き寄せ、背中をあやすように叩いてくる。顎が触れる和服の感触は、少しごわごわしていた。

「ごめんなさい」

「いじめてるみたいで悲しくなるから、ね。ごめんしか言えない気持ちなら、落ち着くまでこうしてよう」

チキさんに抱きしめられて、あったかくて、溶けそうだった。

自分の身体を、骨を邪魔に思うくらい、溶けて夜に混じってチキさんに触れたかった。

ずるい。

こうやってすぐ優しくなるから、ずるい。溺れてしまう。

あたし、チョロすぎないか。

でもしょうがないじゃないか。こんなに美人で、花の匂いするし、頭いいし、優しいし、面倒見いいし、一緒にいると落ち着くし、胸デカいし、美人なんだから。

わからん。好きにならん方法が、わからん。

ちょっと会わなかったら心細くて泣きそうやったし。

そんなことばっかり考えて頭ぐるぐるしていたら、沈んだ気分はいつの間にか海面に飛び出て次の波を待つように泳ぎ始めていた。

「落ち着いた？」

「……はい」

別の方向の落ち着きはなくなってきた気もするけど。

「あたし……自分に自信ないから」

「どうして？」

「だって、頭悪いし」

「前もした気がするね、そんな話」

抱かれていた肩が離れて、チキさんが笑顔を見せる。ああ、あった気がする。

「たしか、ウミちゃんの頭が悪くなくて残念だった」

「そんなんでしたっけ」

初めて会ったときは当然、チキさんのすべてを疑っていた。多分、あの頃の方があたしはまだ頭良かった。今はほんとーに、バカだ。チキさんのことしか考えられない。

一週間呼ばれないだけで、不安で、胸が苦しいくらいに中毒になっている。

「自信ね」

一歩分くらい話題が戻る。チキさんは考え込むようにしてから、あたしに言う。

「自信を身につけるにはね、勝つしかないよ」

自信を持って、という励ましよりも、具体的な内容に踏み込んできた。

「そう。なにかに勝つことでしか絶対に得られない。その相手はね、最初は自分でもいい。自分に勝つのは簡単だもの。ハードルも下げ放題。掃除しないといけないけどめんどいなぁって気持ちに勝つとか、一時間ちゃんと休まないで勉強したとか……そういう些細なところから始めていけばいい。なにかができたって意識が、自分の行動から不安を消していくの」

目の前の人が、家庭教師かなにかに見えてきた。饒舌なチキさんが、持論を締める。

「でも決定的な自信を形作るにはやっぱり、どこかで誰かに勝たないといけない」

声は優しくない。鋭く、自分の肌でも噛むようで。

剝き出しのチキさんを感じる。

この人はそうやって生きてきたんだっていうのが伝わってきて、少し嬉しかった。

そんな話、これまでしてくれんかったから。

「チキさんは、誰かに勝ったんですか?」

「んー、ウミちゃんかな」

急に適当そうな、軽薄な調子に戻った。……まぁ、負けてはいるけど。

だってチキさんは多分、あたしが好きになるように振る舞っているから。

その意図は容易く達成されている。これはもう、完璧に、負けだ。

「それで、ウミちゃんはわたしと付き合いたいって話でいい?」

「えぇと……それは、どうなんやろ」

なに逃げてるんだ、今更。往生際の悪さと思春期を思わず殴りつけそうになる。

「いやそのぉ……結局はそういう話になる……のかな」

「そっか」

読んでいた本でも閉じるように、チキさんが一度目を瞑る。

「何回かはあるんだよね」

ベンチに手をつき、足を伸ばしながらそう言った。

「本気で好きになったから、付き合ってくれって言ってきた子」

「………………」

あたしもその一人ってことか。そしてチキさんがその子たちと今、繋がりがないのだとしたらつまりはそういうことなんだろう。チキさんが切ったのか、その子たちから離れていったかはわからんけど、過程がどうあれ結果はすべて同じだったみたいだ。

「お金のやり取りがあると、わたしも助かってるんだけどなぁ」

「なんでです？」

お金払わんでいいならそれに越したことないと思うんやけど。

にかっと、爽やかにすら感じる調子で言ってきた。

「ウミちゃんに遠慮なく触れる」

「お金を渡すからって理由があると、なんにも考えないで好きにウミちゃんを弄れるわけだけど。これがちゃんとしたお付き合いになったら、ふつーいきなりおっぱい触らないでしょ」

ふつーと言われても、ふつーを知らん。でもそのふつーは確かに普通っぽくて。

「そ」

「そ？」

「そんな常識があるとは、知りませんでした」

「ほほほ、表向きにはある程度整えないとね」

いいとこの家に暮らしたり、あたしの知らんような人たちと出会うときにそれは必要なのだろう。そして思う、あたしが普段から見とるチキさんは表裏どっちなのだろうと。

普段も常識的でいいのに、と思うけど常識あったら駅であたしに声かけんか。

非常識でよかった。のか？

「いやあの、べつに触らなければいいのでは？」

「やだ。わたし揉みたいもの」

譲れないぜとばかりにその右手が宙を摑む。指はしなやかに曲がっては架空の乳を引っかく。

「幸せになれる方法をせっかく見つけたのに、それを捨てるなんてとんでもない」

うんうんとチキさんは自身の発言に大いに納得している。この人は……あたしこの人のこと本当に好きか？　精妙に動く指先をじっと見つめて、今一度己に問う。

うん、好き。情けない気持ちにさえなるけど、大好き。

「じゃあ、触っても……あの……いい、みたいな……」

「え、なにを？」

わかって聞いとるやろ絶対。だから言わん、と顔を背ける。

まじめな話はどこ行った。この人と話すといつもこうだ。今回はちゃんと前置きしたのにまったく効果が確認できない。ここからどこに話を持っていけばいいのかとすぐ迷子になってしまう。ぇぇとなんの話しとった。

「だから、なんやった……付き合ってくれるんですか、くれないんですか」

飛べない小鳥が羽ばたくように、言葉の跳ね方が弱い。

「今も付き合ってるようなものじゃない？」

チキさんがあたしの顔を覗きながら、不思議そうに言う。

「そうなんかな」

「違いはそんなにないと思うけど」

わからんけど、そんなにの部分が大事なんじゃないのか。

わかるのは、チキさんがあんまり乗り気じゃなさそうってところだけだ。

これってフラれてるんか？

「……あたし、優しくされるのに慣れとらんから」

「うん」

「だから優しさを好意とか……愛？　と勘違いしとるだけかもしれんとはずっと考えてる」

「優しさは愛だよ」

チキさんが言いきる。それから、子供を相手にするみたいに頭を撫でてきた。

今日は撫でられることが多い気がする。あたしが相当しょぼくれているのだろうか。

でも暗がりだから、チキさんと触れていると安心する。

チキさんはあたしを複雑なものにする。戸惑って、安心して、焦って、嫉妬して。

恋をするって、見上げた世界に鋭敏になることなのかもしれない。

撫でる手が止まったので顔を上げると、チキさんが公園の入り口の方に、じっと目を凝らしていた。

釣られるように一緒に眺めてみるけど、遠い建物の薄ぼけた灯りしか映らない。

「なんかありました？」

「ううん、なんにも」

手と視線をそれぞれ外す。少し間を置いてから、口を開く。

「たとえば崖……まぁ海の上でも空中でもなんでもええんですけど」

「うん」

あたしの急な例え話を、チキさんが怪訝になることもなく短く促す。

「あたしとチキさんどっちかしか助からんって状況なら、チキさんは自分を助けますよね」

チキさんは、少し考えるように目を逸らした後。

「多分ね」

チキさんが嘘をつかなかったのが、少し嬉しかった。

「それが当たり前」と認めて、でも、と続ける。

「あたしバカやから、チキさんを助けてしまうと思うんです」

それで、自分が死ぬとしてもだ。

「いい子なだけだよ」

「そうじゃないです」

かぶりを振って、その理由を続ける。

「あたし、チキさんがいないと生きていけないから。だからどっち助けても変わらん、って思ってる」

一過性の思い込みは、この人にとってただ鬱陶しいだけだろうか。

それでも吐露してしまう。鬱血しそうなくらい握りしめた想いを、ぐっと突き出す。

例え話がちゃんと、例えになっているかも自信はなかった。チキさんに伝わったものは面倒くさいあたしだけな気がしてくる。恐る恐る顔を覗くと、目が合った。

チキさんは、いつものようにちゃんと笑っていて、ほっとする。

「付き合うのはんー……別にいいんだけどね、わたしも好きだし」

嘘、と言いかけるのを抑える。察したようにチキさんが一瞬、目を細めて怖い。

なにもかもが嘘に思えてくる、あたしの弱さ。

チキさんが教えてくれた、自信のつけ方。

あたしは、誰に勝てばいい？

「でも付き合うって言ってもなにも変わらないと思うよ。ウミちゃんはわたしが好きで、わたしもウミちゃんが好き。会うと楽しいし、えっちなことがしたいし、下着買ってあげたいし、頭撫でたいし、おいしいものをたくさん食べさせてあげたい。ほら、全部今と一緒」

チキさんの言葉は、半分くらいしか頭に入ってこなかった。

それよりも今発せられた問いかけに向き合う。

誰に勝つか。

なにに勝てばいいのか。

答えは、いつだって目の前であたしを出迎えていた。

「それでも、こだわって付き合いたい？」

念を押すように、チキさんが問う。

あたしは、それについて考えることもなくベンチから離れた。

ゆっくり、ただ前に歩き出しながら。あたしは、さらけ出す。

「あたしの名前は水池海。水に池に海。家族はお母さんだけ。地元の女子高の二年生で、クラスはB。右利きで、得意な科目は英語。苦手なのは国語。好きな食べ物は肉、嫌いなものはなし。お風呂入って最初に洗うのは左腕、血液型は知らん。誕生日は一月七日、夢はお金持ち、苦手な生き物は人間。身長は高一からあんま伸びてない。好きな色は青。家はない。飛行機に乗ったこともないし、新幹線もない。友達は……できたけど明日から怪しい。好きな人に頭撫でられると嬉しい。べたべた触られるとえっちな気分になる。優しくされるとすぐ好きになる。毎日会いたい。好き。好き好き、好き。だから不安になる。やきもちも妬く。ずっとあたしを見ててほしい。傷つけられても嬉しい。泣かされても嬉しい。あたしを見て、あたしを触って、あたしの側にいて、あたしの隣にいて、気まぐれにときどき優しくしてくれたらもっと嬉しい。出会ってからどんどんばかになってる。その人のことしか考えられない。恋してる。恋だと思う。一番。一番大事。考えると泣きそうになる。抱きしめられてるときも泣きそうになる。幸せ。幸せがその人の形をしている。だからあたしは、なにか失ってもすぐその人に会いたくなる。その初恋の相手は、あたしを金で買ったおねえさん」

最後は、振り向いてからはっきりと告げた。

なんにも変わらないというチキさんに勝てばいいんだって、気づいたから。

絶対に勝てないとわかっていても。

決めてしまえば、なんかわからんけど……爽やかというか、清らかな気分だった。

あたしの発する、言葉の風。受け止めるように、チキさんは落ち着くまで動かなくて。

そのチキさんもやがてベンチから離れて、あたしの隣にやってくる。

「わたしは陸中地生。迷える女子高生をお金で釣った、悪い大人」

微笑んで、それだけ。

ほら、こうだ。あたしがいくら明かしても、自分の素性はぼかしてくる。

こういう女なんだ。

なのに。

「あなたの彼女」

顎の下を指が這うように、言葉が軽々とあたしに触れてくる。

一番欲しいものを、あっさり投げ渡してくる。

「海」

初めて、チキさんに本当に名前を呼ばれる。

大きな水の粒が、頬や手の甲に降ってくるみたいだった。

その雨足は、更に強まり。

月でも太陽でもない、由来不明の輝きがあたしの目を包んだ。

「愛してる」

過剰すぎる光の前に、チキさんのこともよく見えなくなる。

その灯りに輪郭を滲ませた警告が百個くらい浮かんでは、けたたましい音を鳴らしている。

こんなもん嘘に決まっとる。

受け入れてしまったら必ず裏切られる。
絶対にろくでもない結果しか待っていない。
全部、わかっとる。
わかっとるあたしはその手を取り、指を絡ませ、少し背伸びをするように。
雛鳥みたいに、その人の、『愛』に近づく。
愛はお互いの声が失われる直前、こう唄った。

うまくいかなくて、たくさん傷つけても、うらまないで。

夜を忘れたように、すべてが見える。
すべてが聞こえる。
知りたくもないものばかりの世界を。
重なる直前、その女の目が私を捉えた気がした。
見せつけるように。
示すように。

そして、悦ぶように。

私の恐らくの初恋は、その子が他の女とキスしているところから始まった。

あとがき

新年あけましておめでとうございます。

今年もよろしくお願いします！

本編の内容については読んでいただければという感じなのですが、一応簡単に説明するとラブコメです。ていうかこれまでのやつも全部ラブコメ。全部愛。あれも愛、これも愛。などとそれが書きたいだけだろとばかりにやっていたら昔、全然ラブコメじゃなかったって苦情が届いたことあるので、やっぱり撤回します。嘘をつくのはやはりいけないな！　でも今回はちゃんと恋愛小説っぽい内容です。多分。

今回は3巻で完結する予定の話として最初から考えています。2巻もできるだけ早く発表していきたいのでがんばろうと思います。こういった作品を世に出し、更に打ち切りに怯えなくてよさそうなのはひとえにこれまでの皆様の応援あってこそです。もう一度、ありがとうございました！　新年明けたばかりなので、こう、爽やかな感じになっています。

一年を通して段々濁っていくので、次回のあとがきは恐らく相当いい加減です。
そういえばこの話って、どっちが主人公なんでしょうね。
私にもまだわかりません。

入間人間

◉入間人間著作リスト

嘘つきみーくんと壊れたまーちゃん
1~11、『i』（電撃文庫）
電波女と青春男①~⑧、SF版（同）
多摩湖さんと黄鶏くん（同）
トカゲの王I~V（同）
クロクロクロック シリーズ全3巻（同）
安達としまむら1~10（同）
強くないままニューゲーム1、2（同）
ふわふわさんがふる（同）
虹色エイリアン（同）
おともだちロボ チョコ（同）
美少女とは、斬る事と見つけたり（同）
いもーとらいふ〈上・下〉（同）
世界の終わりの庭で（同）
やがて君になる 佐伯沙弥香について(1)~(3)（同）
海のカナリア（同）

エンドブルー（同）
私の初恋相手がキスしてた（同）
探偵・花咲太郎は閃かない（メディアワークス文庫）
探偵・花咲太郎は覆さない（同）
六百六十円の事情（同）
バカが全裸でやってくる（同）
僕の小規模な奇跡（同）
昨日は彼女も恋してた（同）
明日も彼女は恋をする（同）
時間のおとしもの（同）
彼女を好きになる12の方法（同）
たったひとつの、ねがい。（同）
瞳のさがしもの（同）
僕の小規模な自殺（同）

エウロパの底から（同）
砂漠のボーイズライフ（同）
神のゴミ箱（同）
ぼっちーズ（同）
デッドエンド　死に戻りの剣客（同）
少女妄想中。（同）
きっと彼女は神様なんかじゃない（同）
もうひとつの命（同）
もうひとりの魔女（同）
僕の小規模な奇跡（アスキー・メディアワークス）
ぼっちーズ（同）
しゅうまつがやってくる！
-ラララ終末論。Ⅰ-（角川アスキー総合研究所）
ぼくらの16bit戦争　-ラララ終末論。Ⅱ-（ＫＡＤＯＫＡＷＡ）

本書に対するご意見、ご感想をお寄せください。

ファンレターあて先
〒102-8177　東京都千代田区富士見2-13-3
電撃文庫編集部
「入間人間先生」係
「フライ先生」係

本書は書き下ろしです。

電撃文庫

わたし　はつこいあいて
私の初恋相手がキスしてた

いるまひとま
入間人間

2022年１月10日　初版発行

発行者　青柳昌行
発行　株式会社KADOKAWA
〒102-8177　東京都千代田区富士見2-13-3
0570-002-301（ナビダイヤル）
装丁者　荻窪裕司（META＋MANIERA）
印刷　株式会社暁印刷
製本　株式会社暁印刷

●お問い合わせ
https://www.kadokawa.co.jp/（「お問い合わせ」へお進みください）
※内容によっては、お答えできない場合があります。
※サポートは日本国内のみとさせていただきます。
※ Japanese text only

※定価はカバーに表示してあります。

ISBN978-4-04-914138-2　C0193　Printed in Japan

電撃文庫　https://dengekibunko.jp/

電撃文庫創刊に際して

文庫は、我が国にとどまらず、世界の書籍の流れのなかで〝小さな巨人〟としての地位を築いてきた。古今東西の名著を、廉価で手に入りやすい形で提供してきたからこそ、人は文庫を自分の師として、また青春の想い出として、語りついできたのである。

その源を、文化的にはドイツのレクラム文庫に求めるにせよ、規模の上でイギリスのペンギンブックスに求めるにせよ、いま文庫は知識人の層の多様化に従って、ますますその意義を大きくしていると言ってよい。

文庫出版の意味するものは、激動の現代のみならず将来にわたって、大きくなることはあっても、小さくなることはないだろう。

「電撃文庫」は、そのように多様化した対象に応え、歴史に耐えうる作品を収録するのはもちろん、新しい世紀を迎えるにあたって、既成の枠をこえる新鮮で強烈なアイ・オープナーたりたい。

その特異さ故に、この存在は、かつて文庫がはじめて出版世界に登場したときと、同じ戸惑いを読書人に与えるかもしれない。

しかし、〈Changing Times,Changing Publishing〉時代は変わって、出版も変わる。時を重ねるなかで、精神の糧として、心の一隅を占めるものとして、次なる文化の担い手の若者たちに確かな評価を得られると信じて、ここに「電撃文庫」を出版する。

1993年6月10日
角川歴彦

ギルドの受付嬢ですが残業は嫌なのでボスをソロ討伐しようと思います
uketsukejou saikyou
残業回避！
定時死守！
（自分の）平穏を守るため、受付嬢が凄腕冒険者へと変貌する――!?
第27回 電撃小説大賞 金賞 受賞

［著］上月司
［絵］ろうか
Tsukasa Kohduki
Illustration
Rouka
可愛い可愛い彼女がいるから、お姉ちゃんは諦めましょう？
告白失敗トライアングル!?
STORY
「ハイ、センパイ。あーん、ですよ」僕の彼女は可愛い。こんなに綺麗で可愛くて甘え上手な彼女がいるなんて、普通に考えれば幸せ以外の何でもない——はずなのに、僕が胃をキリキリさせて苦悶しているのには理由がある。僕が想いを寄せる、城之崎ゆかり先輩に告白を決意したその日は、二人きりで放課後の司書室で作業と決まっていた。これぞ転機と司書室に先輩が入ったのを確認し、思いの丈をぶつける……が。「好きです！ 付き合って下さ——いっ!?」告白した相手が見知らぬ美少女だと気付きフリーズしていると、隣の保管庫から出てきたのは先輩だった!! 「“お姉ちゃん”——告白されたので、この人と付き合うことになりました」先輩と後輩、姉と妹、あなたはどっち派？ 誤爆から始まるこの恋の行方は!?
電撃文庫

暴虐の魔王と恐れられながらも、闘争の日々に飽き転生したアノス。しかし二千年後、蘇った彼は魔王となる適性が無い"不適合者"の烙印を押されてしまう!?
「小説家になろう」にて連載開始直後から話題の作品が登場!

七つの魔剣が支配する
宇野朴人
illustration ミユキルリア
運命の魔剣を巡る、
学園ファンタジー開幕!
春——。名門キンバリー魔法学校に、今年も新入生がやってくる。黒いローブを身に纏い、腰に白杖と杖剣を一振りずつ。胸には誇りと使命を秘めて。魔法使いの卵たちを迎えるのは、満開の桜と魔法生物のパレード。喧噪の中、周囲の新入生たちと交誼を結ぶオリバーは、一人に少女に目を留める。腰に日本刀を提げたサムライ少女、ナナオ。二人の、魔剣を巡る物語が、今始まる——。
電撃文庫